西南联大

诗词通识课

朱光潜 等著

天津出版传媒集团

天津人民出版社

图书在版编目（CIP）数据

西南联大诗词通识课 / 朱光潜等著. -- 天津：天津人民出版社, 2024.5

ISBN 978-7-201-20475-8

Ⅰ.①西… Ⅱ.①朱… Ⅲ.①古典诗歌－诗歌欣赏－中国－通俗读物 Ⅳ.①I207.2-49

中国国家版本馆CIP数据核字(2024)第101958号

西南联大诗词通识课
XINAN LIANDA SHICI TONGSHIKE

朱光潜　等著

出　　版　天津人民出版社
出 版 人　刘锦泉
地　　址　天津市和平区西康路35号康岳大厦
邮政编码　300051
邮购电话　（022）23332469
电子信箱　reader@tjrmcbs.com

责任编辑　玮丽斯
监　　制　黄　利　万　夏
营销支持　曹莉丽
特约编辑　邓　华　丁礼江
版权支持　王福娇
装帧设计　紫图图书ZITO®

制版印刷　艺堂印刷（天津）有限公司
经　　销　新华书店
开　　本　880毫米×1230毫米　1/32
印　　张　9
字　　数　208千字
版次印次　2024年5月第1版　2024年5月第1次印刷
定　　价　59.90元

朱光潜逃难途中夜宿过的天津万国桥（今解放桥）

1937年7月7日卢沟桥事变后，闻一多、朱光潜等教授们不得不携带家眷，南下逃难。

朱光潜在散文《露宿》中对逃难经历有精细地描写："由平到津的车本来只要走两三个钟头就可达到，我们那天（8月12日，距北平失陷半月）整整地走了18个钟头。晨8时起程，抵天津老站已是夜半。……马路两旁站着预备冲锋似的日本兵，刺刀枪平举在手里，大有一触即发之势。我们的命就悬在他们的枪口刀锋之上，稍不凑巧，拨剌一声，便完事大吉。没有走上几步路，就有五六个日本兵拦路吼的一声，叫我们站住。"

闻一多治印（1946 年） 赵沨 摄

　　清华、北大、南开三校一千六百多名师生长途跋涉，先到湖南长沙组建临时大学。1938 年 2 月，战火逼近湖南，师生再迁昆明成立西南联合大学。战时昆明经济凋敝，联大教授们生活急剧恶化。闻一多全家老少八口，他的薪水不足以养家，生活捉襟见肘。他卖掉皮大衣、书籍换钱买米，最后做起了篆刻生意。篆刻既可增加收入，又不失风雅，很符合他的身份。他说："我还有一双手，别的劳动不会，刻图章的力气还有呀！"

秦鉥漢印攷金切玉之流長殷契周銘古文奇字之源
遠是非博雅君子難率爾以操觚偶有稽古宏才偶
然盡而成趣
浠水聞一多教授文壇先進經學名家辨文字於毫
芒幾人知己談風雅之原始海內推崇輪老手積習
未除佔畢餘閒游心佳凍惟是溫黁古澤佳激賞於
知交何當疏瑺名章共搉揚於藝苑黃濟叔之長聲
飄灑今見其人程瑤田之鐵筆恬愉世尊其學爰緻
短言為引公之薄潤於后

梅貽琦　馮友蘭　朱自清　潘光旦
蔣夢麟　楊振聲　羅常培　陳雪屏
熊慶來　姜寅清　唐蘭　沈從文　同啟

西南联大教授浦江清用骈体撰写的《闻一多教授金石润例》

闻一多挂牌治印前，浦江清教授精心写了一篇文采斐然的骈文《闻一多教授金石润例》："……浠水闻一多教授，文坛先进，经学名家，辨文字于毫芒，几人知己；谈风雅之原始，海内推崇。……"校长梅贻琦获悉，联合冯友兰、朱自清、潘光旦、蒋梦麟、杨振声、罗常培、陈雪屏、熊庆来、姜寅清、唐兰、沈从文等十一位教授具名推荐，完成了一份文化含量极高的广告。

抗战时期的朱光潜（右）

多年后，有学生在回忆录里记载了一件"厚积落叶听秋声"的趣事。一次，几名学生受邀到朱光潜家中喝茶。当时正值秋天，朱光潜家的院子里积着厚厚的落叶，走上去飒飒地响。一名男生见状拿起一把扫帚说："我帮老师把这些枯叶扫掉吧。"朱光潜赶紧制止说："别别，我等了好久才存了这么多层落叶，晚上在书房看书，可以听见雨落下来、风卷起的声音。这个记忆，比读许多秋天境界的诗更为生动、深刻。"可见朱先生教学中的诗学，并非仅仅是读读古诗，还要在生活中保持趣味和审美。

（由于年代久远，以上原图均为模糊黑白照，彩色复原效果经由 AI 技术处理。）

写在"西南联大通识课"
丛书出版前

在艰苦的抗日战争时期，为赓续中华民族的文化血脉，北京大学、清华大学、南开大学以国家民族大义为己任，辗转南迁，在祖国的西南边陲合组国立西南联合大学（简称"西南联大"），在极度简陋的环境中坚持办学。近九年的弦歌不辍中，西南联大以文化抗衡日本帝国主义的铁骑，竖起了一座高等教育史的丰碑，为国家和民族留下一笔宝贵的历史财富的同时，亦为现代的中国在对话世界的过程中展示了中华民族在艰难岁月中坚韧不拔的精神气质，赢得世界的认可。

时光虽然过去八十多年，但是西南联大以其坚守、奋发、卓越，向我们展示了中华民族在寻求民族独立、民族解放、民族富强的道路上的决心。西南联大以她的方式在教学、科研、育人、生活、服务社会等多维的方面，既为我们记录了他们对古老中国深沉的爱，也以时间画卷展现了他们在民族危亡时始终坚定胜利和孜孜寻求中国现代化的出路，并且拼命追赶着世界的步伐。为此，我始终对西南联大抱有着崇高的敬意和仰望。

我想这套书的出版，既是为历史保存，也是为时代讲述。从书中我们可以从细微处感知那一代人他们是那么深沉地爱着她的国家，爱着她的人民。我们会发现，抗战中的西南联大从历史走来，回归到了百年的民族梦想和现代化的道路中来审视她的价值。我想，细心的读者可以发现，历史从未走远。

用朱光潜先生的话来做引：读书不在多，最重要的是选得精，读得彻底。期待读者在选读中，我们一起可以慢慢从历史、哲学、文学、美学等一个个侧面品味西南联大与现代中国是如何向世界讲述中国故事。这便是我读这套书的感受。是为序。

西南联大博物馆馆长

李红英

于西南联大旧址

2022 年 10 月 12 日

编者的话

西南联大诞生于民族存亡之关头，与抗日战争相始终。前后虽仅存 8 年多时间，但其以延续中华文脉为使命的"刚毅坚卓"，"内树学术自由之规模，外来民主堡垒之称号，违千夫之诺诺，作一士之谔谔"（西南联大碑文语），培育了众多国家级、世界级的人才。不仅创造了世界教育史上的伟大奇迹，更引领思想，开启了中国现代文化史上的绚烂篇章。

弗尼吉亚大学约翰·伊瑟雷尔教授说，"这所大学的遗产是属于全人类的"。"西南联大通识课"丛书，正是我们以虔诚之心，整理、保留联大知识遗产所做的努力。

联大之所以学术、育才成果辉煌，是因其在高压之下仍坚持教授治校、学术自由的校风宗旨，也得益于其贯彻实施通识教育理念。通识教育（general education）是指对所有学生所普遍进行的共同文化教育，包括基础性的语言、文化、历史、科学知识的传授，个性的熏陶，以及不直接服务于专业教育的人人皆需的一些实际能力的培养，目的在于完备学生知识结构，让其"通"和"专"的教育互为成就，进步空间更大。

近年来，"通识"学习需求在社会中表现得越来越普遍，对自己知识素养有所要求的人，亦会主动寻找通识读物为自己充电。这让我们产生了将联大教授的讲义、学术成果整理编辑为适用当下的通识读本的想法，也为保留传承联大知识遗产做出一点小小贡献。

通识课得有系统性，所以我们先根据学科框架设定章节，再从联大相应教授的讲义或学术成果中选取相应内容构成全书。

即便我们设定了每本书的主题，但由于同时选入多位教授的作品，因教授风格之不同，使得篇章之间也显示为不同风格。不过，这也正好是西南联大包容自由、百花齐放的具体表现。

联大教授当时的授课讲义多有遗失，极少部分由后人或学生整理成书。这些后期整理而成的出版物，成为我们的内容来源之一。更多教授的讲义，后被教授本人修订或展开重写，成为其学术著作的一部分。其学术著作，就成为我们的又一内容来源。因此，我们的"西南联大通识课"丛书基本忠实于联大课堂所讲内容，但形态已经不完全是讲义形态。

为了更清晰地表现通识课读本结构，我们对部分文章进行了重拟标题以及分节的处理，具体在书中以编者注的方式给予说明。

由于时代语言习惯不同形成的文字差异，编者对其按现今的使用方法作了统一处理。译名亦均改为现在标准的通用译名。

《西南联大诗词通识课》分上、下两编及一堂附加课，上编"中国诗学七讲"由朱光潜先生以艺术、美学、心理学等现代视角全面分析讲解中国传统诗；下编"中国特色之律诗研究"由闻一多先生讲解律诗的知识和艺术特征；附加课"一堂词的赏析课"由浦江清先生讲授词曲美学特征，并重点讲解具有传奇色彩的《菩萨蛮》和《忆秦娥》。

目　录

上编　中国诗学七讲
朱光潜

下编　中国特色之律诗研究
闻一多

附　一堂词的赏析课
浦江清

（上编）

中国诗学七讲

朱光潜

像一般艺术一样，诗是人生世相的返照。
诗与实际的人生世相之关系，
妙处唯在不即不离。

朱光潜 （1897—1986） *西南联大外国语文学系教授*

中国现代美学奠基人、文艺理论家、教育家、翻译家，曾任
北京大学、四川大学、西南联大、武汉大学教授，并任中华
全国美学学会名誉会长。代表作:《谈美》《给青年的十二封
信》《西方美学史》。

第一讲

诗的起源

想明白一件事物的本质，最好先研究它的起源；犹如想了解一个人的性格，最好先知道他的祖先和环境。诗也是如此。许多人在纷纷争论"诗是什么""诗应该如何"诸问题，争来争去，终不得要领。如果他们先把"诗是怎样起来的"这个基本问题弄清楚，也许可以免去许多纠纷。

一、历史与考古学的证据不尽可凭

从历史与考古学的证据看，诗歌在各国都比散文起来得早。

原始人类凡遇值得留传的人物事迹或学问经验，都用诗的形式记载出来。这中间有些只是应用文，取诗的形式为便于记忆，并非内容必须采用诗的形式，例如医方脉诀，以及儿童字课书之类。

至于带有艺术性的文字，则诗的形式为表现节奏的必需条件，例如原始歌谣。中国最古的书大半都掺杂韵文，《书经》《易经》《老子》《庄子》都是著例。

欧洲近代国家的文学史也都以诗歌开始，散文是后来逐渐演变出来的。

诗歌是最早出世的文学，这是文学史家公认的事实。它究竟起于何时？是怎样起来的呢？

从前一般学者研究这个问题，大半从历史及考古学下手。他们以为在最古的书籍里寻出几首诗歌，就算寻出诗的起源了。欧洲人以为《荷马史诗》是他们的"诗祖"，因为它在记载下来的诗中间最古。近代学者又搜罗许多证据，证明《荷马史诗》是集合许多更古的叙事诗和民间传说而做成的。那么，西方诗的起源不在荷马而在他所根据的更古的诗了。

在中国，搜罗古佚的风气尤其发达。学者对于诗的起源有种种揣测。汉郑玄在《诗谱序》里以为诗起源于虞舜时代：

> 诗之兴也，谅不于上皇之世。大庭轩辕，逮于高辛，其时有亡，载籍亦蔑云焉。《虞书》曰："诗言志，歌永言，声依永，律和声。"然则诗之道放于此乎！

他的意思是说，"诗"字最早见于《虞书》，所以，诗大抵起源于虞。这种推理显然很牵强。

唐孔颖达在《毛诗正义》里便不以郑说为然：

> 舜承于尧，明尧已用诗矣。故《六艺论》云："唐虞始
> 造其初，至周分为六诗。"亦指尧典之文，谓之造初，谓造
> 今诗之初，非讴歌之初；讴歌之初，则疑其起自大庭时矣。
> 然讴歌自当久远，其名曰"诗"，未知何代，虽于舜世始见
> 诗名，其名必不初起舜时也。

这话比较合理，虽也是捕风捉影，仍不失多闻阙疑的精神。从郑
序出发，许多学者想在古书中搜罗实例，证明虞舜以前已有诗。梁刘
勰在《文心雕龙·明诗》里根据《吕氏春秋》《周礼》《尚书大传》诸
书所引古诗说：

> 昔葛天氏乐词云：玄鸟在曲，黄帝云门，理不空绮。至
> 尧有大唐之歌，舜造南风之诗，观其二文，辞达而已。

后来许多选集家继刘勰的搜罗古佚的工作，如郭茂倩《乐府诗
集》、冯惟讷《诗纪》诸书都集载许多散见于古书的诗歌。不过近来
疑古风气大开，经考据家的研究，周以前的历史还是疑案。至于从前
人搜罗古佚诗所根据的书，如古文《尚书》《礼记》《尚书大传》《列
子》《吴越春秋》之类大半是晚出之书。于是《诗经》成为最可靠的
古诗集本了，也就是中国诗的来源。

在我们看，这种搜罗古佚的办法永远不会寻出诗的起源。它含有两个根本错误的观念：

（一）它假定在历史记载上最古的诗就是诗的起源。

（二）它假定在最古的诗之外寻不出诗的起源。

第一个假定错误，因为无论从考古学的证据或是从实际观察的证据看，诗歌的起源不但在散文之先，还远在有文字之先。英国人用文字把民歌记载下来，从十三世纪才起。现在英国所保存的民歌写本，据查尔德（Child）的考证，只有一种是十三世纪的，其余都在十五世纪之后。至于搜集民歌的风气，则从十七世纪珀西（Percy）开端，到十九世纪司各特（Scott）和查尔德诸人才盛行。但是这些民歌在经过学者搜集写定之前，早已流传众口了。如果我们根据最早的民歌写本或集本，断定在这写本或集本以前无民歌，这岂不是笑话？

第二个假定错误，因为诗的原始与否视文化程度而定，不以时代先后为准。三千年前的古希腊人比现在非、大洋两洲原住民的文化高得远，所以《荷马史诗》虽很古，而论原始程度反不如非、大洋两洲原住民的歌谣。就拿同一民族来说，现代中国民间歌谣虽比《商颂》《周颂》晚两三千年，但在诗的进化阶段上，现代民歌反在《商颂》《周颂》之前。所以我们研究诗的起源，与其拿《荷马史诗》或《商颂》《周颂》做根据，倒不如拿现代未开化民族或已开化民族中未受教育的民众的歌谣做根据。从前学者讨论诗的起源，只努力搜罗在历史记载中最古的诗，把民间歌谣都忽略过去，实在是大错误。

这并非说古书所载的诗一定不可做讨论诗源的根据。比如《诗经》中《国风》大部分就是在周朝搜集写定的歌谣，具有原始诗的许多特点。虽然它们的文字形式及风俗、政教和近代歌谣所表现的不尽同；就起源说，它们和近代歌谣很类似，所以仍是研究诗源问题的好证据。就诗源问题而论，它们的年代先后实无关宏旨，它们应该和一切歌谣受同样待遇。

说到这里，我们不妨趁便略说现代中国文学史家对于《国风》断定年代的错误。既是歌谣，就不一定是同时起来或是一时成就的。文学史家一方面承认《国风》为歌谣集，一方面又想指定某《国风》属于某个时代，比如说《豳》《桧》全系西周诗，《秦》为东西周之交之诗，《王》《卫》《唐》为东周初年之诗，《齐》《魏》为春秋初年之诗，《郑》《曹》《陈》为春秋中年之诗（参看陆侃如、冯沅君《中国诗史》）。在我们看，这未免有些牵强附会。在同一部集里的歌谣时期固有先后，但是这种先后不能以歌谣所流行的区域而定。"周南""召南""郑""卫""齐""陈"等字只标明属于这些分集的歌谣在未写定之前流行的区域。在每个区域里的歌谣都各有早起的，有晚起的。我们不能因为某几首歌谣有历史线索可以推测年代，便断定全区域的歌谣都属于同一年代，犹如二十世纪出版的《北平歌谣》里虽有一首叫作《宣统回朝》，我们不能据此断定这部集里其他歌谣均起于民国时代。况且一般人所认为有历史线索可寻的几首诗，如《甘棠》的召伯，《何彼秾矣》的齐侯之子也还是渺茫难稽。《国风》中含有断定年代所必据的内证根本就很少。

二、心理学的解释:"表现"情感与"再现"印象

诗的起源实在不是一个历史的问题,而是一个心理学的问题。要明白诗的起源,我们首先要问:"人类何以要唱歌作诗?"

对于这个问题,众口同声地回答:"诗歌是表现情感的。"这句话也是中国历代论诗者的共同信条。《虞书》说:"诗言志,歌永言。"《史记·滑稽列传》引孔子语:"书以道事,诗以达意。"所谓"志"与"意"就含有近代语所谓"情感"(就心理学观点看,意志与情感原来不易分开),所谓"言"与"达"就是近代语所谓"表现"。把这个见解发挥得最透辟的是《诗·大序》:

> 诗者志之所之也。在心为志,发言为诗。情动于中而形于言,言之不足,故嗟叹之;嗟叹之不足,故永歌之;永歌之不足,不知手之舞之,足之蹈之也。情发于声,声成文,谓之音。

朱熹在《诗序》里引申这一段话,也说得很好:

> 或有问于予曰:"诗何为而作也?"予应之曰:"人生而静,天之性也;感于物而动,性之欲也。夫既有欲矣,则不能无思;既有思矣,则不能无言;既有言矣,则言之所不能尽,而发于咨嗟咏叹之余者,又必有自然之音响节奏而不能已焉。此诗之所以作也。"

人本就有情感，情感天然需要表现，而表现情感最适当的方式是诗歌，因为语言节奏与内在节奏相契合，是自然的，"不能已"的。

这是一说，古希腊人又另有一种看法。他们对诗的定义是"模仿的艺术"（imitative art）。模仿的对象可以为心理活动（如情感、思想），也可以为其他自然现象。不过古希腊人具有心理学家所谓"外倾"（extroversion）的倾向，他们的文艺神阿波罗是以静观默索为至高理想的，他们的眼睛老是朝着外面看，最使他们感觉兴趣的是浮世一切形形色色。他们所谓"模仿"似像造型艺术一般偏重外界事物的印象。他们在悲剧中，虽然也涉及内心的冲突，但是着重点不在此，而在人与神的挣扎。在他们看，诗的主要功用在"再现"外界事物的印象。亚里士多德在他的《诗学》里说得很清楚：

> 诗的普通起源由于两个原因，每个都根于人类天性。人从婴孩时期起，就自然会模仿。他比低等动物强，就因为他是世间最善于模仿的动物，从头就用模仿来求知。大家都欢喜模仿出来的作品。这也是很自然的。这第一点可以拿经验来证实：事物本身纵然也许看起来令人起不快之感，用最写实的方法将它们再现于艺术，却使我们很高兴看，例如低等动物及死尸的形状。此外还另有一层理由：求知是最大的快乐，这不仅哲学家为然，普通人的能力虽较薄弱，也还是如此。我们欢喜看图画，就因为我们同时在求知，在明了事物的意义，比如说"那画的人就是某某"。如果我们从来没有看过所画的事物，那么，我们的快感就不是因为画是模仿

它，而是因为画的手法、颜色等等了。

亚里士多德在这里用心理学的观点，来解释诗的起源，以为最重要的有两层原因：一是模仿本能，一是求知所生的快乐。同时他也承认，艺术除开它的模仿内容，本身的形象如画中的形色配合之类，也可以引起快感。他处处以诗比画，他所谓"模仿"显然是偏重"再现"（representation）的。

总而言之，诗或是"表现"内在的情感，或是"再现"外来的印象，或是纯以艺术形象产生快感，它的起源都是以人类天性为基础。所以严格地说，诗的起源当与人类起源一样久远。

三、诗歌与音乐、舞蹈同源

就人类诗歌的起源而论，历史与考古学的证据远不如人类学与社会学的证据之重要，因为前者以远古诗歌为对象，渺茫难稽；后者以现代歌谣为对象，确凿可凭。我们应该以后者为主，前者为辅。从这两方面的证据看，我们可以得到一个极重要的结论，就是：诗歌与音乐、舞蹈是同源的，而且在最初是一种三位一体的混合艺术。

古希腊的诗歌、舞蹈、音乐三种艺术都起源于酒神祭典。酒神（Dionysus）是繁殖的象征，在他的祭典中，主祭者和信徒们披戴葡萄及各种植物枝叶，狂歌曼舞，助以竖琴（lyre）等各种乐器。从这祭典的歌舞中后来演出抒情诗（原为颂神诗），再后来演为悲剧及喜剧

（原为扮酒神的主祭官和与祭者的对唱）。这是歌、乐、舞同源的最早证据（参看亚里士多德《诗学》、欧里庇得斯《酒神的伴侣》、尼采《悲剧的诞生》诸书）。

近代西方学者对于非、大洋诸洲原住民的研究，以及中国学者对于边疆民族如苗、瑶、萨、满诸部落的研究，所得到的歌、乐、舞同源的证据更多。

现在姑举最著名的大洋洲原住民《考劳伯芮舞》(*Corroborries*)为例。这种舞通常在月夜里举行。舞时诸部落集合在树林中一个空场上，场中烧着一大堆柴火。妇女们裸着身体站在火的一边，每人在膝盖上绑着一块袋鼠皮。指挥者站在她们和火堆中间，手里执着两条棍棒。他用棍棒一敲，跳舞的男子们就排成行伍，走到场里去跳。这时指挥者一面敲棍棒指挥节奏，一面歌唱一种曲调，声音高低恰与跳舞节奏快慢相应。妇女们不参加跳舞，只形成一种乐队，一面敲着膝上的袋鼠皮，一面拖着嗓子随着舞的节奏歌唱。她们所唱的歌词字句往往颠倒错乱，不成文法，没有什么意义，她们自己也不能解释。歌词的最大功用在应和跳舞节奏，意义并不重要。有意义可寻的大半也很简单，例如：

那永尼叶人快来了。

那永尼叶人快来了。

他们一会儿就来了。

他们携着袋鼠来。

踏着大步来。

那永尼叶人来了。

这是一首庆贺打猎的凯旋歌，我们可以想象到他们欢欣鼓舞的神情。其他舞歌多类此。题材总是原始生活中一片段，简单而狂热的情绪表现于简单而狂热的节奏。

此外大洋洲还盛行各种模仿舞。舞时他们穿戴羽毛和兽皮做的装饰，模仿鸟兽的姿态和动作以及恋爱和战斗的情节。这种模仿舞带有象征的意味。例如霍济金生（Hodgkinson）所描写的"卡罗舞"（Kaaro）。这种舞也是在月夜举行。舞前他们先大醉大饱。舞者尽是男子，每人手执一长矛，沿着一个类似女性生殖器的土坑跳来跳去，用矛插入坑里去，同时做种种狂热的姿势，唱着狂热的歌调。从这种模仿舞我们可以看到原始歌舞不但是"表现"内在情感的，同时也是"再现"外来印象的（以上二例根据格罗塞《艺术的起源》）。

原始人类既唱歌就必跳舞，既跳舞就必唱歌。所以博托库多（Botocudo）民族表示歌舞只有一个字。近代欧洲文 ballad 一字也兼含歌、舞二意。抒情诗则沿用希腊文 lyric，原意是说弹竖琴时所唱的歌。依阮元说，《诗经》的"颂"原训"舞容"。颂诗是歌舞的混合，痕迹也很显然。惠周惕也说"《风》《雅》《颂》以音别"。汉魏《乐府》有《鼓吹》《横吹》《清商》等名，都是以乐调名诗篇。这些事实都证明诗歌、音乐、舞蹈在中国古代原来也是一种混合的艺术。

这三个成分中分立最早的大概是舞蹈。《诗经》的诗大半都有乐，但有舞的除《颂》之外似不多。《颂》的舞已经过朝廷乐官的形式化，不复是原始舞蹈的面目。《楚辞·九歌》之类为祭神曲，诗、乐、舞仍相连。汉《乐府》，诗词仍与乐调相伴，"舞曲歌词"则独立自成一类。

就诗与乐的关系说，中国旧有"曲合乐曰歌，徒歌曰谣"的分别（参看《诗经·魏风·园有桃》"我歌且谣"的毛传）。"徒歌"完全在人声中见出音乐，"乐歌"则歌声与乐器相应。"徒歌"原是情感的自然流露，声音的曲折随情感的起伏，与手舞足蹈诸姿势相似，"乐歌"则意识到节奏、音阶的关系，而要把这种关系用乐器的声音表出，对于自然节奏须多少加以形式化。所以"徒歌"理应在"乐歌"之前。最原始的伴歌的乐器大概都像大洋洲原住民歌中指挥者所执的棍棒和妇女所敲的袋鼠皮，都极简单，用意只在点明节奏。《吕氏春秋·古乐》篇有"葛天氏之乐，三人操牛尾投足以歌八阕"之说，与大洋洲原住民风俗相似。现代中国京戏中的鼓板，和西方乐队指挥者所用的棍子，也许是原始的伴歌乐器的遗痕。

诗歌、音乐、舞蹈原来是混合的。它们的共同命脉是节奏。在原始时代，诗歌可以没有意义，音乐可以没有"旋律"（melody），舞蹈可以不问姿态，但是都必有节奏。后来三种艺术分化，每种均仍保存节奏，但于节奏之外，音乐尽量向"旋律"方面发展，舞蹈尽量向姿态方面发展，诗歌尽量向文字意义方面发展，于是彼此距离遂日渐其远了。

四、诗歌所保留的诗、乐、舞同源的痕迹

诗歌虽已独立，在形式方面，仍保存若干与音乐、舞蹈未分家时的痕迹。最明显的是"重叠"。重叠有限于句的，例如：

江有泛，之子归，不我以，其后也悔。

有应用到全章的，例如：

麟之趾，振振公子。吁嗟麟兮！
麟之定，振振公姓，吁嗟麟兮！
麟之角，振振公族，吁嗟麟兮！

这种重叠在西方歌谣中也常见。它的起因不一致，有时是应和乐、舞的回旋往复的音节，有时是在互相唱和时，每人各歌一章。

其次是"迭句"（refrain）。一诗数章，每章收尾都用同一语句，上文"吁嗟麟兮"便是好例。有时一章数句，亦有每句之后用同一字或语句者，例如梁鸿的《五噫歌》。此格在西文诗歌中更普遍，在现代中国民歌中也常看见。例如《凤阳花鼓歌》每段都用"郎底郎底郎底当"收尾。绍兴乞歌有一种每节都用"顺流"二字收尾。原始社会中群歌合舞时，每先由一领导者独唱歌词，到每节收尾时，则全体齐唱"迭句"。希腊悲剧中的"合唱歌"（choric song）以及中国旧戏中打锣鼓者的"帮腔"与"迭句"都很类似。

第三是"衬字"。"衬字"在文义上为不必要，乐调曼长而歌词简短，歌词必须加上"衬字"才能与乐调合拍，如《诗经》《楚辞》中的"兮"字，现代歌谣中的"咦""呀""唔"等字。歌本为"长言"，"长言"就是把字音拖长。中国字独立母音字少，单音拖长最难，所以于必须拖长时"衬"上类似母音的字如"呀"（ä）、"咦"（e）、"啊"

（o）、"唔"（oo）等以凑足音节。这种"衬字"格是中国诗歌所特有的。西文诗歌在延长字音时只需拖长母音，所以无"衬字"的必要。

最重要的是章句的整齐，一般人所谓"格律"。诗歌原与乐、舞不分，所以不能不迁就乐、舞的节奏；因为它与乐、舞原来同是群众的艺术，所以不能不有固定的形式，便于大家一致。如果没有固定的音律，这个人唱高，那个人唱低，这个人拉长，那个人缩短，就会嘈杂纷嚷，闹得一塌糊涂了。现代人在团体合作一事时，如农人踏水车，工人扛重载，都合唱一种合规律的"呀，啊啊"之类调子来调节工作的节奏，用力就一齐用力，松懈就一齐松懈。俄国伏尔加船夫歌就是根据这个原则作成的。诗歌的整齐章句原来也是因为应舞合乐便于群唱起来的。

与格律有关的是"韵"（rhyme）。诗歌在原始时代都与乐舞并行，它的韵是为点明一个乐调或是一段舞步的停顿所必需的，同时，韵也把几段音节维系成为整体，免致涣散。近代徽戏调子所伴奏的乐声每节常以锣声收，最普通的尾声是"的当嗤当嗤当晃"，"晃"就是锣声。在这种乐调里锣声仿佛有"韵"的功用。大洋洲原住民歌舞时所敲的袋鼠皮，京戏鼓书中的鼓板所发的声音除点明"板眼"（即节奏）之外，似常可以看作音乐中的韵。诗歌的韵在起源时或许是应和每节乐调之末同一乐器的重复的声音，有如徽调中的锣，鼓书中的鼓板，大洋洲原住民歌舞中的袋鼠皮。

诗歌所保留的诗、乐、舞同源的痕迹后来变成它的传统的、固定的形式。把这个道理认清楚，我们将来讨论实质与形式的关系，就可以省去许多误会和纠葛了。

五、原始诗歌的作者

在起源时，诗歌是群众的艺术，鸟类以群栖者为最善歌唱，原始人类也在图腾部落的意识发达之后，才在节日聚会一块唱歌、奏乐、跳舞，或以媚神，或以引诱异性，或仅以取乐。

现代人一提到诗，就联想到诗人，就问诗是谁作的。在近代社会中，诗已变成个人的艺术，诗人已几乎自成一种特殊的职业阶级。每个诗人都有他的特殊个性，不容与他人相混。我们如果要了解原始诗歌，必须先把这种成见抛开才行。

原始诗歌都不标明作者的姓名，甚至于不流露作者的个性。英国的《贝奥武甫》(*Beowulf*)、法国的《罗兰之歌》(*Chanson de Roland*)、德国的《尼伯龙根之歌》(*Nibelungenlied*) 究竟是谁作的呢？谁也不知道。希腊史诗从前人归原于荷马。近代学者对于荷马有无其人尚存疑问，至于希腊史诗则公认为许多民歌的集合体。原始诗歌所表现的大半是某部落或某阶级的共同的情感或信仰，所以每个歌唱者都不觉得他所歌唱的诗是属于某个人的。如果一首诗歌引不起共同的情趣，违背了共同的信仰，它就不能传播出去，立刻就会消灭的。

话虽如此说，我们近代人总得要追问：既有诗就必有诗人，原始诗歌的作者究竟是谁呢？近代民俗学者对于这个问题有两说：一说以为民歌是群众的自然流露，通常叫作"群众合作说"(the communal theory)；一说以为民歌是个人的艺术意识的表现，通常叫作"个人创作说"(the individualistic theory)。

持"群众合作说"者以德国格林兄弟（J. and W. Grimm）为最力，美国查尔德（Child）和加默里（Gummere）把它加以发挥修正。依这派的意见，凡群众都有一种"集团的心"，如德国心理学家冯特（Wundt）所主张的。这种"集团的心"常能自由流露于节奏。例如在原始舞蹈中，大家进退俯仰、轻重疾徐，自然应节合拍，绝非先由某个人将舞蹈的节奏姿态在心里起一个草稿，然后传授于同群的舞者，好像先经过一番导演和预习，然后才正式表演。节奏既可自然地表现于舞蹈，也就可以自由地表现于歌唱，因为歌唱原来与舞蹈不分。

群众合作诗歌的程序有种种可能。有时甲唱乙和，有时甲问乙答，有时甲起乙续，有时甲作乙改，如此继续前进，结果就是一首歌了。这种程序最大的特色是临时口占（improvisation），无须预作预演。

"群众合作说"在十九世纪曾盛行一时，现代学者则多倾向"个人创作说"。最显著的代表有语言学者勒南（Renan）、社会学者塔尔德（Tarde）、诗歌学者考茨涌斯基（Kawczynski）和路易丝·庞德（Louise Pound）诸人。这班人根本否认民歌起于群舞，否认"集团的心"存在，否认诗歌为自然流露的艺术。原始人类和现代婴儿都不必在群舞中才歌唱，独歌也是很原始的。"群众合作说"假定一团混杂的老少男女，在集会时猛然不谋而合地踏同样舞步，作同样思想，编同样故事，唱同样歌调，于理实为不可思议。"筑室道旁，三年不成"，何况作诗呢？

据人类学、社会学和语言学的实证，一切社会的制度习俗，如语言、宗教、诗歌、舞蹈之类，都先由一人创作，而后辗转传授于同群。人类最善模仿，一人有所发明，众人爱好，互相传习，于是遂成为社会公有物。凡是我们以为由群众合作成的东西其实都是学来的，模仿来的。尤其是艺术。它有纪律的形式不能不经过思索剪裁，决不仅是"乌合之众"的自然流露。

"群众合作说"与"个人创作说"虽相反，却未尝不可折中调和。民歌必有作者，作者必为个人，这是名理与事实所不可逃的结论。但是在原始社会之中，一首歌经个人作成之后，便传给社会，社会加以不断地修改、润色、增删，到后来便逐渐失去原有面目。我们可以说，民歌的作者首先是个人，其次是群众；个人草创，群众完成。民歌都"活在口头上"，常在流动之中。它的活着的日子就是它的被创造的日子，它的死亡的日子才是它的完成的日子。所以群众的完成工作比个人草创工作还更重要。民歌究竟是属于民间的，所以我们把它认为群众的艺术，并不错误。

这种折中说以美国基特里奇（Kittredge）教授在查尔德的《英苏民歌集绪论》中所解释的最透辟，现移译其要语如下：

　　一段民歌很少有，或绝对没有可确定的年月日。它的确定的创作年月日并不像一首赋体诗或十四行诗的那么重要。一首艺术的诗在创作时即已经作者予以最后的形式。这形式是固定的，有权威的，没有人有权去更改它，更改便是一种犯罪行为，一种损害；批评家的责任就在把原文校勘精确，使我们见到它的本来面目。所以一首赋体诗或十四行诗的创作只是一回就了事的创造活动。这种创造一旦完成，账就算结清了。诗就算是成了形，不复再有发展了。民歌则不然。单是创作（无论是口占或笔写）并未了事，不过是一种开始。作品出于作者之手之后，立即交给群众去用口头传播，不能再受作者的支配了。如果群众接受它，它就不复是作者的私物，就变成民众的公物。这么一来，一种新进程，即口头传诵，就起始了，其重要并不减于原来作者的创造活动。歌既由歌者甲传到歌者乙，辗转传下去，就辗转改变下去。旧章句丢掉，新章句加入，韵也改了，人物姓名也更换了，旁的歌谣零篇断简也混入了，收场的悲喜也许完全倒过来了，如果传诵到二三百年——这是常事——全篇语言结构也许因为它本来所用的语言本身发展而改变。这么一来，如果原来作者听到旁人歌唱他的作品，也一定觉得全不是那么一回事了。这些传诵所起的变化，总而言之，简直就是第二重创作。它的性质很复杂，许多人在许久时期和广大地域中，都或有意或无意地参加第二重创作。它对于歌的完成，重要并不亚于原来个人作者的第一重创作。

把民歌的完成视为两重创作的结果，第一重创作是个人的，第二重创作是群众的，这个见解比较合理。查尔德搜集的英苏民歌之中，每首歌常有几十种异文，就是各时代、各区域在流传时修改的结果。

在中国歌谣里，我们也可见出同样的演进阶段。最好的例是周作人在《儿歌之研究》里所引的越中儿戏歌：

> 铁脚斑斑，斑过南山。南山里曲，里曲湾湾。新官上
> 任，旧官请出。

这首歌现在仍流行于绍兴。据《古今风谣》，元朝至正年代燕京即有此谣：

> 脚驴斑斑，脚踏南山。南山北斗，养活家狗。家狗磨
> 面，三十弓箭。

明朝此谣还流行，不过字略变，据《明诗综》所载：

> 狸狸斑斑，跳遍南山。南山北斗，猎回界口。界口北
> 面，三十弓箭。

朱竹坨《静志居诗话》谈到此谣说："此予童稚日偕闾巷小儿联背踏足而歌，不详何义，亦未有验。"朱竹坨是清初秀水人，可见此谣在清初已盛行南方。

朱自清在《中国歌谣》（清华大学讲义）里另引一首，也是现在流行的，不过与周作人所引的不同：

> 踢踢脚背，跳过南山。南山扳倒，水龙甩甩。新官上
> 任，旧官请出。木读汤罐，弗知烂脱落里一只小拇指头。

我自己在四川北部也听到一首：

> 脚儿斑斑，斑上梁山。梁山大斗，一石二斗。每人屈
> 脚，一只大脚。

这首儿歌从元朝（它的起源也许还要早些，这只就见诸记载的说法）传到现在，从燕京南传到浙江，西传到四川（也许传到其他区域还有），中间所经过的变化当不仅如上所引。不过就已引诸例看，"第二重创作"的痕迹也很显然。

另外一个好例是董作宾所研究的《看见她》（详见北京大学《歌谣周刊》第六十二号至六十四号）。北京大学歌谣研究会所搜到的这首歌谣的异文有四十五种之多。它的流行区域至少有十二省之广。据董氏推测，它大概起源于陕西。在陕西三原流行的是：

> 你骑驴儿我骑马，看谁先到丈人家。丈人丈母没在家，
> 吃一袋烟儿就走价。大嫂子留，二嫂子拉，拉拉扯扯到她
> 家，隔着竹帘望见她：白白儿手长指甲，樱桃小口糯米牙。
> 回去说与我妈妈，卖田卖地要娶她。

长江流域的《看见她》可以流行于南京的一首为例：

> 东边来了一个小学生，辫子拖到脚后跟，骑花马，坐
> 花轿，走到丈人家。丈人丈母不在家，帘背后看见她：金簪

子，玉耳挖，雪白脸，淀粉擦，雪白手，银指甲；梳了个元
宝头，戴了一头好翠花；大红棉袄绣兰花，天青背心蝴蝶
花。我回家，告诉妈：卖田卖地来娶她，洋钻手圈就是她！

此外四十余首各不同样。就"母题"说，情节大半一致；就词句
说，长短繁简不一律。我们绝难相信这四十几首歌谣是南北十余省民
众自然流露而暗合的。在起源时它必有一个作者。后经口头传诵，经
过许多次"第二重创作"，才产生许多变形。变迁的主因不外两种：
一、各地风俗习惯的差别；二、各地方言的差别。

这一两个实例是从许多实例中选择出来的。它们可以证明歌谣在
活着时都在流动生展。对于它生命的维持，它所流行的区域中民众都
有力量，所以我们说它是属于民众的，虽然"第一重创作"也许属于
某一个人。

个人意识愈发达，社会愈分化，民众艺术也就愈趋衰落。在开
化社会中歌谣的传播推广者大半是婴儿、村妇、农夫、樵子之流。人
到成年后便逐渐忘去儿时的歌，种族到开化后也逐渐忘去原始时代的
歌。所以有人说，文化是民歌的仇敌。近代学者怕歌谣散亡了，费尽
心力把它们搜集写定，印行。这种工作对于研究歌谣者固有极大贡
献，对于歌谣本身的发展却不尽是有利的。歌谣都"活在口头上"，
它的生命就在流动生展之中。给它一个写定的形式，就是替它钉棺材
盖。每个人都可以更改流行的歌谣，但是没有人有权更改《国风》或
汉魏《乐府》。写定的形式就是一种不可侵犯的权威。

第二讲

诗与谐隐

德国学者常把诗分为民间诗（volkpoesie）与艺术诗（kunstpoesie）两类，以为民间诗全是自然流露，艺术诗才是根据艺术的意识与技巧，有意识地刻画美的形象。这种分别实在也只是程度上的而不是绝对的。民间诗也有一种传统的技巧，最显而易见的是文字游戏。

文字游戏不外三种：第一种是用文字开玩笑，通常叫作"谐"；第二种是用文字捉迷藏，通常叫作"谜"或"隐"；第三种是用文字组成意义很滑稽而声音很圆转自如的图案，通常无适当名称，就干脆地叫作"文字游戏"亦无不可。这三种东西在民间诗里极普通，在艺术诗或文人诗里也很重要，可以当作沟通民间诗与文人诗的桥梁。刘勰在《文心雕龙》里特辟"谐隐"一类，包括带有文字游戏性的诗文，可见古人对这类作品也颇重视。

一、诗与谐

我们先说"谐"。"谐"就是"说笑话"。它是喜剧的雏形。王国维在《宋元戏曲史》里以为中国戏剧导源于巫与优。"优"即以"谐"为职业。在古代社会中,"优"(clown)往往是一个重要的官职。莎士比亚的戏剧中,优常占要角。英国古代王侯常有优跟在后面,趁机会开玩笑,使朝中君臣听着高兴。中国古代王侯常用优。《左传》《国语》《史记》诸书都常提到优的名称。优往往同时是诗人。汉初许多词人都以俳优起家,东方朔、枚乘、司马相如都是著例。

优的存在证明两件事:第一,"谐"的需要是很原始而普遍的;其次,优与诗人、谐与诗,在原始时代是很接近的。

从心理学观点看,谐趣(the sense of humour)是一种原始的普遍的美感活动。凡是游戏都带有谐趣,凡是谐趣也都带有游戏。谐趣的定义可以说是:以游戏态度,把人事和物态的丑拙、鄙陋和乖讹当作一种有趣的意象去欣赏。

"谐"最富于社会性。艺术方面的趣味,有许多是为某阶级所特有的,"谐"则雅俗共赏,极粗鄙的人欢喜"谐",极文雅的人也还是欢喜"谐",虽然他们所欢喜的"谐"不必尽同。在一个集会中,大家正襟危坐时,每个人都有俨然不可侵犯的样子,彼此中间无形中有一层隔阂。但是到了谐趣发动时,这一层隔阂便涣然冰释,大家在谑浪笑傲中忘形尔我,揭开文明人的面具,回到原始时代的团结与统一。托尔斯泰以为艺术的功用在传染情感,而所传染的情感应该能团结人与人的关系。在他认为值得传染的情感之中,笑谑也占一个重要的位置。刘勰解释"谐"字说："谐之言皆也；辞浅会俗，皆悦笑也。"这也是着重谐的社会性。社会的最好的团结力是谐笑，所以擅长谐笑的人在任何社会中都受欢迎。在极严肃的悲剧中有小丑，在极严肃的宫廷中有俳优。

尽善尽美的人物不能为谐的对象，穷凶极恶也不能为谐的对象。引起谐趣的大半介乎二者之间，多少有些缺陷而这种缺陷又不致引起深恶痛疾。最普通的是容貌的丑拙。民俗歌谣中嘲笑残疾人的最多，据《文心雕龙》："魏晋滑稽，盛相驱扇。遂乃应场之鼻方于盗削卵，张华之形比于握春杵。"嘲笑容貌丑陋的风气自古就很盛行了。品格方面的亏缺也常为笑柄。例如下面两首民歌：

一个和尚挑水喝，两个和尚抬水喝，三个和尚没水喝。

门前歇仔高头马，弗是亲来也是亲；门前挂仔白席巾，
嫡亲娘舅当仔陌头人。

寥寥数语，把中国民族性两个大缺点，不合群与浇薄，写得十分脱皮露骨。有时容貌的丑陋和品格的亏缺合在一起成为讥嘲的对象，《左传》宋守城人嘲笑华元打败仗被俘赎回的歌是好例：

睅其目，皤其腹，弃甲而复。于思于思，弃甲复来。

除这两种之外，人事的乖讹也是谐的对象，例如：

> 灶下养，中郎将；烂羊胃，骑都尉；烂羊头，关内侯。
>
> ——《后汉书·刘玄传》

都是觉得事情出乎常理之外，可恨亦复可笑。

谐都有几分讥刺的意味，不过讥刺不一定就是谐。例如：

> 不稼不穑，胡取禾三百廛兮？不狩不猎，胡瞻尔庭有县貆兮？
>
> ——《魏风·伐檀》

> 一尺布尚可缝，一斗米尚可舂；兄弟二人不相容！
>
> ——《汉书·淮南王传》

二首也是讥刺人事的乖讹，不过作者心存怨望，直率吐出，没有开玩笑的意味，就不能算是谐。

这个分别对于谐的了解非常重要。从几方面看，谐的特色都是模棱两可。

第一，就谐笑者对于所嘲对象说，谐是恶意的而又不尽是恶意的，如果尽是恶意，则结果是直率地讥刺或咒骂（如"时日曷丧，予及女偕亡"），我们对于深恶痛绝的仇敌和敬爱的亲友都不容易开玩笑。一个人既拿另一个人开玩笑，对于他就是爱恶参半。恶者恶其丑拙鄙陋，爱者爱其还可以打趣助兴。因为有这一点爱的成分，谐含有几分警告规劝的意味，如柏格森所说的，凡是谐都是"谑而不虐"。

刘勰在《文心雕龙》里也说，"辞虽倾回，意归义正"。许多著名的讽刺家，像英国小说家斯威夫特（Swift）和勃特勒（Butler）一般，都是有心人。

第二，就谐趣情感本身说，它是美感的而也不尽是美感的。它是美感的，因为丑拙、鄙陋、乖讹在为谐的对象时，就是一种情趣饱和、独立自足的意象。它不尽是美感的，因为谐的动机都是道德的或实用的，都是从道德的或实用的观点，看出人事物态的不圆满，因而表示惊奇和告诫。

第三，就谐笑者自己说，他所觉到的是快感而也不尽是快感。它是快感，因为丑拙、鄙陋不仅打动一时乐趣，还是沉闷世界中一种解放束缚的力量。现实世界好比一池死水，可笑的事情好比偶然皱起的微波，谐笑就是对于这种微波的欣赏。不过可笑的事物究竟是丑拙、鄙陋、乖讹，是人生中一种缺陷，多少不免引起惋惜的情绪，所以同时伴有不快感。许多谐歌都以喜剧的外貌写悲剧的事情，例如徐州民歌：

> 乡里老，背稻草，跑上街，买荤菜。荤菜买多少？放在
> 眼前找不到！

这是讥嘲呢？还是怜悯？读这种歌真不免令人"啼笑皆非"。我们可以说，凡是谐都有"啼笑皆非"的意味。

谐有这些模棱两可性，所以从古到今，都叫作"滑稽"。滑稽是一种盛酒器，酒从一边流出来，又向另一边转注进去，可以终日不竭，酒在"滑稽"里进出也是模棱两可的，所以"滑稽"喻"谐"，非常恰当。

谐是模棱两可的，所以诗在有谐趣时，欢欣与哀怨往往并行不悖，诗人的本领就在能谐，能谐所以能在丑中见出美，在失意中见出安慰，在哀怨中见出欢欣，谐是人类拿来轻松紧张情境和解脱悲哀与困难的一种清泻剂，这个道理伊斯特曼（M. Eastman）在《诙谐意识》里说得透辟：

> 穆罕默德自夸能用虔诚祈祷使山移到他面前来。有一大群信徒围着来看他显这副本领。他尽管祈祷，山仍是岿然不动。他于是说："好，山不来就我，我就走去就山。"我们也常同样地殚精竭思，求世事恰如人意，到世事尽不如人意时，我们说："好，我就在失意中求乐趣吧。"这就是诙谐。诙谐像穆罕默德走去就山，它的生存是对于命运开玩笑。

"对于命运开玩笑"，这句话说得很好。我们读莎士比亚的悲剧时，到了极悲痛的境界，常猛然穿插一段喜剧，主角在紧要关头常向自己嘲笑，哈姆雷特便是著例。弓拉到满彀时总得要放松一下，不然弦子会折断。山本不可移，中国传说中曾经有一个移山的人，他所以叫作"愚公"，就愚在没有上面的幽默。

"对于命运开玩笑"是一种遁逃，也是一种征服，偏于遁逃者以滑稽玩世，偏于征服者以豁达超世。滑稽与豁达虽没有绝对的分别，却有程度的等差。它们都是以"一笑置之"的态度应付人生的缺陷，豁达者在悲剧中参透人生世相，他的诙谐出入于至性深情，所以表面滑稽而骨子里沉痛；滑稽者则在喜剧中见出人事的乖讹，同时仿佛觉得这种发现是他的聪明、优胜，于是嘲笑以取乐，这种诙谐有时不免流于轻薄。豁达者虽超世而不忘怀于淑世，他对于人世，悲悯多于愤嫉。滑稽者则只知玩世，他对于人世，理智的了解多于情感的激动。豁达者的诙谐可以称为"悲剧的诙谐"，出发点是情感，而听者受感动也以情感。滑稽者的诙谐可以称为"喜剧的诙谐"，出发点是理智，而听者受感动也以理智。中国诗人陶潜和杜甫是于悲剧中见诙谐者，刘伶和金圣叹是从喜剧中见诙谐者，嵇康、李白则介乎二者之间。

这种分别对于诗的了解更重要。大概喜剧的诙谐易为亦易欣赏，悲剧的诙谐难为亦难欣赏。例如李商隐的《龙池》：

　　龙池赐酒敞云屏，羯鼓声高众乐停。夜半宴归宫漏永，薛王沉醉寿王醒。

诗中讥嘲寿王的杨妃被他父亲明皇夺去，他在御宴中喝不下去酒，宴后他的兄弟喝得醉醺醺，他一个人仍是醒着，怀着满肚子心事走回去。这首诗的诙谐可算委婉俏皮，极滑稽之能事。但是我们如果稍加玩味，就可以看出它的出发点是理智，没有深情在里面。我们觉得它是聪明人的聪明话，受它感动也是在理智方面。如果情感发生，我们反觉得把悲剧看成喜剧，未免有些轻薄。

我们选一两首另一种带有谐趣的诗来看看：

人生寄一世，奄忽若飘尘。何不策高足，先据要路津？
无为守贫贱，轗轲常苦辛。

——《古诗十九首》

白发被两鬓，肌肤不复实。虽有五男儿，总不好纸
笔。……天命苟如此，且进杯中物！

——陶潜《责子》

千秋万岁后，谁知荣与辱？但恨在世时，饮酒不得足。

——陶潜《挽歌辞》

这些诗的诙谐就有沉痛的和滑稽的两方面。我们须同时见到这两
方面，才能完全了解它的深刻。胡适在《白话文学史》里说：

陶潜与杜甫都是有诙谐风趣的人，诉穷说苦，都不肯抛
弃这一点风趣。因为他们有这一点说笑话做打油诗的风趣，
故虽在穷饿之中不至于发狂，也不至于堕落。

这是一段极有见地的话，但是因为着重在"说笑话作打油诗"一
点，他似乎把它沉痛的一方面轻轻放过去了。陶潜、杜甫都是伤心人
而有豁达风度，表面上虽诙谐，骨子里却极沉痛、严肃。如果把《责

子》《挽歌辞》之类作品完全看作打油诗，就未免失去上品诗的谐趣之精彩了。

凡诗都难免有若干谐趣。情绪不外悲喜两端。喜剧中都有谐趣，用不着说，就是把悲惨的事当作诗看时，也必在其中见出谐趣。我们如果仔细玩味蔡琰《悲愤诗》或是杜甫《新婚别》之类作品，或是写自己的悲剧，或是写旁人的悲剧，都是"痛定思痛"，把所写的看成一种有趣的意象，有几分把它当作戏看的意思。丝毫没有谐趣的人大概不易作诗，也不能欣赏诗。诗和谐都是生气的富裕。不能谐是枯燥贫竭的征候。枯燥贫竭的人和诗没有缘分。

但是诗也是最不易谐，因为诗最忌轻薄，而谐则最易流于轻薄。古诗《焦仲卿妻》叙夫妇别离时的誓约说：

> 君当作磐石，妾当作蒲苇；蒲苇纫如丝，磐石无转移。

后来焦仲卿听到妻子被迫改嫁的消息，便拿从前的誓约来讽刺她说：

> 府君谓新妇：贺君得高迁！磐石方且厚，可以卒千年，蒲苇一时纫，便作旦夕间。

这是诙谐，但是未免近于轻薄，因为生离死别不该是深于情者互相讥刺的时候，而焦仲卿是一个殉情者。

同是诙谐，或为诗的胜境，或为诗的瑕疵，分别全在它是否出于至性深情。理胜于情者往往流于纯粹的讥刺（satire）。讥刺诗固自成一格，但是很难达到诗的胜境。像英国蒲柏（Pope）和法国伏尔泰（Voltaire）之类聪明人不能成为大诗人，就是因为这个道理。

二、诗与隐

刘勰在《文心雕龙》里以"隐"与"谜"并列；解"隐"为"遁辞以隐意，谲譬以指事"，"谜"为"回护其辞，使昏迷也；或体目文字，或图象品物"。但是他承认"谜"为魏晋以后"隐"的化身。其实"谜"与"隐"原来是一件东西，不过古今名称不同罢了。《国语》有"秦客为庾词，范文子能对其三"，"庾词"也还是隐语。

在各民族中谜语的起源都很早而且很重要。古希腊英雄俄狄浦斯（Oedipus）因为猜中"早晨四只脚走，中午两只脚走，晚上三只脚走"一个谜语，气坏了食人的怪兽，被忒拜人选为国王。《旧约·士师记》里记参孙（Samson）的妻族人猜中"肉从强者出，甜从食者出"一个谜语，就脱了围，得到奖赏。可见古代人对于谜语的重视。

中国的谜语可以说和文字同样久远。六书中的"会意"据许慎的解释是"比类合谊，以见指㧑，武信是也"，这就是根据谜语原则。"止戈为武，人言为信"，就是两个字谜。许多中国字都可以望文生义，就因为在造字时它们就已有令人可以当作谜语猜测的意味。

中国最古的、有记载的歌谣据说是《吴越春秋》里面的"断竹，续竹；飞土，逐肉"。这就是隐射"弹丸"的谜语。《汉书·艺文志》

载有《隐书十八篇》，刘向《新序》也有"齐宣王发隐书而读之"的话，可见隐语自古就有专书。《左传》有"亥井""庚癸"两个谜语。从《史记·滑稽列传》和《汉书·东方朔传》看，嗜好隐语在古时是一种极普遍的风气。一个人会隐语，便可获禄取宠，东方朔便是好例。他会"射覆"，"射覆"就是猜隐语。一个国家有会隐语的臣子，在坛坫樽俎间便可取得外交胜利，范文子猜中了秦客的三个谜语，史官便把它大书特书。

《三国志·薛综传》里有一段很有趣的故事。蜀使张奉以隐语嘲吴尚书阚泽，泽不能答，吴人引以为羞。薛综看这事有失体面，就用一个隐语报复张奉说："有犬为独，无犬为蜀，横目勾身，虫入其腹。"

此语一出，蜀使便无话可说，吴国的面子便争夺回来了。从这些故事和上文所引的希腊和犹太的两个故事看，可见刘勰所说的"隐语之用，被于纪传。大者兴治济身"，并非夸大其词了。

隐语在近代是一种文字游戏，在古代却是一件极严重的事。它的最早应用大概在预言谶语。诗歌在起源时是神与人互通款曲的媒介。人有所颂祷，用诗歌进呈给神；神有所感示，也用诗歌传达给人。不过人说的话要明白，神说的话要不明白，才能显得他神秘、玄奥。所以符谶大半是隐语。这种隐语大半是由神凭附人体说出来，所凭依者大半是主祭者或女巫。古希腊的"德尔斐预言"和中国古代的巫祝的占卜，都是著例。

在原始社会中梦也被认成一种预言。各国在古代常有占梦的专官，一国君臣人民的祸福往往悬在一句梦话的枢纽上。《旧约·创世记》载埃及国王梦见七瘦牛吞食七肥牛，七枯穗吞食七生穗，召群臣来解释，都踌躇莫知所对，只有一个外来的犹太人约瑟能断定它是七荒年承继七丰年的预兆。国王听了他的话，储蓄七丰年的余粮，后来七荒年果然来了，埃及人有积谷得免于饥荒。约瑟于是大得国王的信任。《左传》里也有桑田巫占梦的故事。占梦的迷信在有文字之前，可以说是最古的、最普遍的猜谜玩意儿。

中国古代预言多假托童谣。童谣据说是荧惑星的作用。各代史书载童谣都不列于"艺文"而列于"天文"或"五行"，就因为相信童谣是神灵凭借儿童所说的话。

郭茂倩在《乐府诗集》第八十八卷里搜集各代预言式的童谣甚多，大半都是隐语。《左传》卜偃根据"鹑之奔奔"一句童谣，断定晋必于十月丙子灭虢，是一个最早见于书籍的例。

童谣有时近于字谜。例如《后汉书·五行志》所载汉献帝时京都童谣："千里草，何青青？十日卜，不得生。"解释是"千里草为董，十日卜为卓。……青青茂盛之貌，不得生者亦旋破亡也。"当时人大概厌恶董卓专横，作隐语来咒骂他，或是在他失败之后，隐喻其事造为"预言"，把日期移早，以神其说。这里我们可以窥见造隐语的心理。它一方面有所回避，不敢直说，一方面又要利用一般人对于神秘事迹的惊赞，来激动好奇心。

隐语由神秘的预言变为一般人的娱乐以后，就变成一种谐。它与谐的不同只在着重点，谐偏重人事的嘲笑，隐则偏重文字的游戏。谐与隐有时混合在一起。《左传》宋守城人的歌："睅其目，皤其腹，弃甲而复。于思于思，弃甲复来！"是讥刺华元的谐语，同时也是一个隐语，把华元的容貌品格事迹都隐含在内。民间歌谣中类似的作品甚多，例如：

> 侧……听隔壁，推窗望月……搉笆斗勿吃力，两行泪作
> 一行滴。（苏州人嘲歪头）

> 啥？豆巴，满面花，雨打浮沙，蜜蜂错认家，荔枝核桃
> 苦瓜，满天星斗打落花。（四川人嘲麻子）

就是谐、隐与文字游戏三者混合，讥刺容貌丑陋为谐，以谜语出之为隐，形式为七层宝塔，一层高一层，为纯粹的文字游戏。谐最忌直率，直率不但失去谐趣，而且容易触讳招尤，所以出之以隐，饰之以文字游戏。谐都有几分恶意，隐与文字游戏可以遮盖起这点恶意，同时要叫人发现嵌合的巧妙，发生惊赞。不把注意力专注在所嘲笑的丑陋乖讹上面。

隐常与谐合，却不必尽与谐合。谐的对象必为人生世相中的缺陷，隐的对象则没有限制。隐的定义可以说是"用捉迷藏的游戏态度，把一件事物先隐藏起，只露出一些线索来，让人可以猜中所隐藏的是什么"。姑举数例：

> 日里忙忙碌碌，夜里茅草盖屋。（眼）

> 小小一条龙，胡须硬似鬃。生前没点血，死后满身红。
> （虾）

王荆公读《辨奸论》有感。(《诗经》："于嗟洵兮，不我信兮。")

从前文人尽管也欢喜弄这种玩意儿，却不把它看作文学。其实有许多谜语比文人所作的咏物诗词还更富于诗的意味。英国诗人柯尔律治（Coleridge）论诗的想象，说它的特点在见出事物中不寻常的关系。许多好的谜语都够得上这个标准。

谜语的心理背景也很值得研究。就谜语作者说，他看出事物中一种似是而非、不即不离的微妙关系，觉得它有趣，值得让旁人知道。他的动机本来是一种合群本能，要把个人所见到的传达给社会，同时又有游戏本能在活动，仿佛猫儿戏鼠似的，对于听者要延长一番悬揣，使他的好奇心因悬揣愈久而愈强烈。他的乐趣就在觉得自己是一种神秘事件的看管人，自己站在光明里，看旁人在黑暗里绕弯子。

就猜谜者说，他对于所掩藏的神秘事件起好奇心，想揭穿它的底蕴，同时又起一种自尊情绪，仿佛自己非把这个秘幕揭穿不甘休。悬揣愈久，这两种情绪愈强烈。几经摸索之后，一旦豁然大悟，看出事物关系所隐藏的巧妙凑合，不免大为惊赞，同时他也觉得自己的胜利，因而欢慰。

如果研究作诗与读诗的心理，我们可以发现上面一段话大部分可以适用。突然见到事物中不寻常的关系，而加以惊赞，是一切美感态度所共同的。苦心思索，一旦豁然贯通，也是创造与欣赏所常有的程序。诗和艺术都带有几分游戏性，隐语也是如此。

别要小看隐语，它对于诗的关系和影响是很大的。在古英文诗中谜语是很重要的一类。诗人启涅伍尔夫（Cunewulf）就是一个著名的隐语家。中国古代亦常有以隐语为诗者，例如古诗：

> 藁砧今何在，山上复有山，何日大刀头，破镜飞上天。

就是隐写"丈夫已出，月半回家"的意思。上文所引的童谣及民间谐歌有许多是很好的诗，我们已经说过。但是隐语对于中国诗的重要还不仅此。它是一种雏形的描写诗。民间许多谜语都可以作描写诗看。中国大规模的描写诗是赋，赋就是隐语的化身。战国秦汉间嗜好隐语的风气最盛，赋也最发达，荀卿是赋的始祖，他的《赋篇》本包含《礼》《知》《云》《蚕》《箴》《乱》六篇独立的赋，前五篇都极力铺张所赋事物的状态、本质和功用，到最后才用一句话点明题旨，最后一篇就简直不点明题旨。例如《蚕》赋：

> 此夫身女好而头马首者与？屡化而不寿者与？善壮而拙老者与？有父母而无牝牡者与？冬伏而夏游，食桑而吐丝，前乱而后治，夏生而恶暑，喜湿而恶雨，蛹以为母，蛾以为父，三伏三起，事乃大已。夫是谓之蚕理。

全篇都是蚕的谜语，最后一句揭出谜底，在当时也许这个谜底是独立的，如现在谜语书在谜面之下注明谜底一样。后来许多辞赋家和诗人词人都沿用这种技巧，以谜语状事物，姑举数例如下：

飞不飘飓，翔不翕习；其居易容，其求易给；巢林不过一枝，每食不过数粒。

——张华《鹪鹩赋》

镂五色之盘龙，刻千年之古字。山鸡见而独舞，海鸟见而孤鸣。临水则池中月出，照日则壁上菱生。

——庾信《镜赋》

光细弦岂上，影斜轮未安。微升古塞外，已隐暮云端。河汉不改色，关山空自寒。庭前有白露，暗满菊花团。

——杜甫《初月》

海山仙人绛罗襦，红纱中单白玉肤。不须更待妃子笑，风骨自是倾城姝。

——苏轼《荔枝》

过春社了，度帘幕中间，去年尘冷。差池欲住，试入旧巢相并。还相雕梁藻井，又轻语商量不定。飘然快拂花梢，翠尾分开红影。

——史达祖《双双燕》

以上只就赋、诗、词中略举一二例。我们如果翻阅咏物类韵文，就可以看到大半都是应用同样的技巧写出来的。中国素以谜语巧妙名于世界，拿中国诗和西方诗相较，描写诗也比较早起，比较丰富，这种特殊发展似非偶然。中国人似乎特别注意自然界事物的微妙关系和类似，对于它们的奇巧的凑合特别感兴趣，所以谜语和描写诗都特别发达。

谜语不但是中国描写诗的始祖，也是诗中"比喻"格的基础。以甲事物影射乙事物时，甲乙大半有类似点，可以互相譬喻。有时甲乙并举，则为显喻（simile），有时以乙暗示甲，则为隐喻（metaphor）。显喻如古谚：

少所见，多所怪，见骆驼，言马肿背。

如果只言"见骆驼，言马肿背"，意在使人知所指为"少见多怪"，则为"隐喻"，即近世歌谣学者所谓"歇后语"。

"歇后语"还是一种隐语，例如"聋人的耳朵"（摆大儿），"纸糊灯笼"（一戳就破），"王奶奶裹脚"（又长又臭）之类。这种比喻在普通话中极流行。它们可以显示一般民众的"诗的想象力"，同时也可以显示普通语言的艺术性。一个贩夫或村妇听到这类"俏皮话"，心里都不免高兴一阵子，这就是简单的美感经验或诗的欣赏。诗人用比喻，不过把这种粗俗地说"俏皮话"的技巧加以精练化，深浅雅俗虽有不同，道理却是一致。《诗经》最常用的技巧是以比喻引入正文，例如：

关关雎鸠，在河之洲。窈窕淑女，君子好逑。

螽斯羽，诜诜兮，宜尔子孙，振振兮。

蒹葭苍苍，白露为霜；所谓伊人，在水一方。

入首两句便是隐语，所隐者有时偏于意象，所引事物与所咏事物有类似处，如"螽斯"例，这就是"比"；有时偏重情趣，所引事物与所咏事物在情趣上有暗合默契处，可以由所引事物引起所咏事物的情趣，如"蒹葭"例，这就是"兴"；有时所引事物与所咏物既有类似，又有情趣方面的暗合默契，如"关雎"例，这就是"兴兼比"。

《诗经》各篇作者原不曾按照这种标准去作诗，"比""兴"等等是后人归纳出来的，用来分类，不过是一种方便，原无谨严的逻辑。后来论诗者把它看得太重，争来辩去，殊无意味。

中国向来注诗者好谈"微言大义"，从毛苌作《诗序》一直到张惠言批《词选》，往往把许多本无深文奥义的诗看作隐射诗，固不免穿凿附会。但是我们也不能否认，中国诗人好作隐语的习惯向来很深。屈原的"香草美人"大半有所寄托，是多数学者的公论。无论这种公论是否可靠，它对于诗的影响很大实毋庸讳言。

阮籍《咏怀诗》多不可解处，颜延之说他"志在刺讥而文多隐避，百世之下，难以情测"。这个评语可以应用到许多咏史诗和咏物诗。陶潜《咏荆轲》、杜甫《登慈恩寺塔》之类作品各有寓意。我们如果丢开它们的寓意，它们自然也还是好诗，但是终不免没有把它们了解透彻。

诗人不直说心事而以隐语出之，大半有不肯说或不能说的苦处。

骆宾王《在狱咏蝉》说："露重飞难进，风多响易沉。"暗射谗人使他不能鸣冤；清人咏紫牡丹说："夺朱非正色，异种亦称王。"暗射爱新觉罗氏以胡人入主中原，线索都很显然。这种实例实在举不胜举。我们可以说，读许多中国诗都好像猜谜语。

隐语用意义上的关联为"比喻"，用声音上的关联则为"双关"（pun）。南方人称细炭为麸炭。射麸炭的谜语是"哎呀我的妻"！因为它和"夫叹"是同音双关。歌谣中用双关的很多，例如：

> 思欢久，不爱独枝莲，只惜同心藕（"莲"与"怜"，"藕"与"偶"双关）。
>
> ——《读曲歌》

> 雾露隐芙蓉，见莲不分明（"芙蓉"与"夫容"，"莲"与"怜"双关）。
>
> ——《子夜歌》

> 别后常相思，顿书千丈阙，题碑无罢时（"题碑"与"啼悲"双关）。
>
> ——《华山畿》

> 竹篙烧火长长炭，炭到天明半作灰（"炭"与"叹"双关）。
>
> ——粤讴句

东边日出西边雨，道是无晴却有晴（"晴"与"情"
双关）。

——刘禹锡《竹枝词》

以上所举都属民歌或拟民歌。据闻一多说：周南"采采苤苢"
的"苤苢"古与"胚胎"同音同义，则双关的起源远在《诗经》时代
了，像其他民歌技巧一样，"双关"也常被诗人采用。六朝人说话很
喜欢用"双关"。"四海习凿齿，弥天释道安"，"日下荀鸣鹤，云间陆
士龙"，都是当时脍炙人口的隽语。北魏胡太后的《杨白花歌》也是
"双关"的好例。她逼通杨华，华惧祸逃南朝降梁，她仍旧思念他，
就作了这首诗叫宫人歌唱：

阳春二三月，杨柳齐作花。春风一夜入闺闼，杨花飘荡
落南家。含情出户脚无力，拾得杨花泪沾臆。春去秋来双燕
子，愿衔杨花入窠里！

唐以后文字游戏的风气日盛，诗人常爱用人名、地名、药名等等
作双关语，例如：

鄙性常山野，尤甘草舍中。钩帘阴卷柏，障壁坐防风。
客土依云实，流泉架木通。行当归老矣，已逼白头翁。

——《漫叟诗话》引孔毅夫诗

除纤巧之外别无可取，就未免堕入魔道了。

总之，隐语为描写诗的雏形，描写诗以赋规模为最大，赋即源于隐。后来咏物诗词也大半根据隐语原则。诗中的比喻（诗论家所谓比、兴），以及言在此而意在彼的寄托，也都含有隐语的意味。就声音说，诗用隐语为双关。如果依近代学者弗雷泽（Frazer）和弗洛伊德（Freud）诸人的学说，则一切神话寓言和宗教仪式以至文学名著大半都是隐语的变形，都各有一个"谜底"。这话牵涉较广，而且中国诗和神话的因缘较浅，所以略而不论。

三、诗与纯粹的文字游戏

谐与隐都带有文字游戏性，不过都着重意义。有一种纯粹的文字游戏，着重点既不像谐在讥嘲人生世相的缺陷，又不像隐在事物中间的巧妙的凑合，而在文字本身声音的滑稽的排列，似应自成一类。

艺术和游戏都像斯宾塞（Spencer）所说的。有几分是余力的流露，是富裕生命的表现。初学一件东西都有几分困难，困难在勉强拿规矩法则来约束本无规矩法则的活动，在使自由零乱的活动来迁就固定的纪律与模范，学习的趣味就在逐渐战胜这种困难，使本来牵强笨拙的变为自然娴熟的。习惯既成，驾轻就熟，熟中生巧，于是对于所习得的活动有运用自如之乐。

到了这步功夫，我们不特不以迁就规范为困难，而且力有余裕，把它当作一件游戏工具，任意玩弄它来助兴取乐。小儿初学语言，到喉舌能转动自如时，就常一个人鼓舌转喉做戏。他并没有和人谈话的必要，只是自觉这种玩意所产生的声音有趣。这个道理在一般艺术活动中都可以见出。每种艺术都用一种媒介，都有一个规范，驾驭媒介和迁就规范在起始时都有若干困难。但是艺术的乐趣就在于征服这种困难之外还有余裕，还能带几分游戏态度任意纵横挥扫，使作品显得异趣横生。这是由限制中争得的自由，由规范中溢出的生气。艺术使人留恋的也就在此。这个道理可适用于写字、画画，也可适用于唱歌、作诗。

比如中国民众游戏中的三棒鼓、拉戏胡琴、相声、口技、拳术之类，所以令人惊赞的都是那一副娴熟生动、游戏自如的手腕。在诗歌方面，这种生于余裕的游戏也是一个很重要的成分，在民俗歌谣中这个成分尤其明显，我们姑从《北平歌谣》里择举两例：

老猫老猫，上树摘桃。一摘两筐，送给老张。老张不要，气得上吊。上吊不死，气得烧纸。烧纸不着，气得摔瓢。摔瓢不破，气得推磨。推磨不转，气得做饭。做饭不熟，气得宰牛。宰牛没血，气得打铁。打铁没风，气得撞钟。撞钟不响，气得老鼠乱嚷。

玲珑塔，塔玲珑，玲珑宝塔十三层。塔前有座庙，庙里有老僧，老僧当方丈，徒弟六七名。一个叫青头愣，一个叫愣头青；一个是僧僧点，一个是点点僧；一个是奔葫芦把，一个是把葫芦奔。青头愣会打磬，愣头青会捧笙；僧僧点会吹管，点点僧会撞钟；奔葫芦把会说法，把葫芦奔会念经。

这种搬砖弄瓦式的文字游戏是一般歌谣的特色。它们本来也有意义，但是着重点并不在意义而在声音的滑稽凑合。如专论意义，这种叠床架屋的堆砌似太冗沓。但是一般民众爱好它们，正因为其冗沓。他们仿佛觉得这样圆转自如的声音凑合有一种说不出来的巧妙。

在上举两例中有几点值得特别注意：

第一是"重叠"，一大串模样相同的音调像滚珠倾水似的一直流注下去。它们本来是一盘散沙，只借这个共同的模型和几个固定不变的字句联络起来，成为一个整体。

第二是"接字"，下句的意义和上句的意义本不相属，只是下句起首数字和上句收尾数字相同，下句所取的方向完全是由上句收尾字决定。

第三是"趁韵"，这和"接字"一样，下句跟着上句，不是因为意义相衔接，而是因为声音相类似。例如"宰牛没血，气得打铁；打铁没风，气得撞钟"。

第四是"排比"，因为歌词每两句成为一个单位，这两句在意义上和声音上通常彼此对仗，例如"奔葫芦把会说法，把葫芦奔会念经"。

第五是"颠倒"或"回文"，下句文字全体或部分倒转上句文字，例如"玲珑塔，塔玲珑"。

以上只略举文字游戏中几种常见的技巧，其实它们并不止此（上文所引的嘲歌都取宝塔式也是一种）。文人诗词沿用这些技巧的很多。

"重叠"是诗歌的特殊表现法，《诗经》中大部分诗可以为例。词中用"重叠"的甚多，例如"咸阳古道音尘绝，音尘绝，西风残照，汉家陵阙"（李白《忆秦娥》），"团扇团扇，美人病来遮面"（王建《调笑令》）。

"接字"在古体诗转韵时或由甲段转入乙段时，常用来做联络上下文的工具，例如："愿作东北风，吹我入君怀。君怀常不开，贱妾当何依。"（曹植《怨歌行》）"梧桐杨柳拂金井，来醉扶风豪士家。扶风豪士天下奇，意气相倾山可移。"（李白《扶风豪士歌》）

"趁韵"在诗词中最普通。诗人作诗，思想的方向常受韵脚字指定，先想到一个韵脚字而后找一个句子把它嵌进去。"和韵"也还是一种"趁韵"。韩愈和苏轼的诗里"趁韵"例最多。他们以为韵压得愈险，诗也就愈精工。

"排比"是赋和律诗、骈文所必用的形式。

"回文"在诗词中有专体，例如苏轼《题金山寺》一首七律，倒读顺读都成意义，观首联"潮随暗浪雪山倾，远浦渔舟钓月明"可知。

这只是几条实例。凡是诗歌的形式和技巧大半来自民俗歌谣，都不免含有几分文字游戏的意味。诗人驾驭媒介的能力愈大，游戏的成分也就愈多。他们力有余裕，便任意挥霍，显得豪爽不羁。

从民歌看，人对文字游戏的嗜好是天然的、普遍的。凡是艺术都带有几分游戏意味，诗歌也不例外。中国诗中文字游戏的成分有时似过火一点。我们现代人偏重意境和情趣，对于文字游戏不免轻视。一个诗人过分地把精力去在形式技巧上做功夫，固然容易走上轻薄纤巧的路。

不过我们如果把诗中文字游戏的成分一笔勾销，也未免操之过"激"。就史实说，诗歌在起源时就已与文字游戏发生密切的关联，而这种关联一直维持到现在，不曾断绝。

其次，就学理说，凡是真正能引起美感经验的东西都有若干艺术的价值。巧妙的文字游戏，以及技巧的娴熟的运用，可以引起一种美感，也是不容讳言的。文字声音对于文学，犹如颜色、线形对于造型艺术，同是宝贵的媒介。图画既可用形色的错综排列产生美感（依康德看，这才是"纯粹美"），诗歌何尝不能用文字声音的错综排列产生美感呢？在许多伟大作家——如莎士比亚和莫里哀——的作品中，文字游戏的成分都很重要，如果把它洗涤净尽，作品的丰富和美妙便不免大为减色了。

第三讲

诗的境界——情趣与意象

　　像一般艺术一样，诗是人生世相的返照。人生世相本来是混整的，常住永在而又变动不居的。诗并不能把这漫无边际的混整体抄袭过来，或是像柏拉图所说的"模仿"过来。

　　诗对于人生世相必有取舍，有剪裁，有取舍剪裁就必有创造，必有作者的性格和情趣的浸润渗透。诗必有所本，本于自然；亦必有所创，创为艺术。自然与艺术结合，结果乃在实际的人生世相之上，另建立一个宇宙，正犹如织丝缕为锦绣，凿顽石为雕刻，非全是空中楼阁，亦非全是依样画葫芦。

　　诗与实际的人生世相之关系，妙处唯在不即不离。唯其"不离"，所以有真实感；唯其"不即"，所以新鲜有趣。"超以象外，得其环中"，二者缺一不可，像司空图所见到的。

每首诗都自成一种境界。无论是作者或是读者，在心领神会一首好诗时，都必有一幅画境或是一幕戏景，很新鲜生动地突现于眼前，使他神魂为之勾摄，若惊若喜，霎时无暇旁顾，仿佛这小天地中有独立自足之乐，此外偌大乾坤宇宙，以及个人生活中一切憎爱悲喜，都像在这霎时间烟消云散去了。纯粹的诗的心境是凝神注视，纯粹的诗的心所观境是孤立绝缘。心与其所观境如鱼戏水，诉合无间。姑任举二短诗为例：

> 君家何处住，妾住在横塘。停船暂借问，或恐是同乡。
>
> ——崔颢《长干行》

> 空山不见人，但闻人语响。返景入深林，复照青苔上。
>
> ——王维《鹿柴》

这两首诗都俨然是戏景，是画境。它们都是从混整的悠久而流动的人生世相中摄取来的一刹那，一片段。本是一刹那，艺术灌注了生命给它，它便成为终古，诗人在一刹那中所心领神会的，便获得一种超时间性的生命，使天下后世人能不断地去心领神会。本是一片段，艺术予以完整的形象，它便成为一种独立自足的小天地，超出空间性而同时在无数心领神会者的心中显现形象。囿于时空的现象（即实际的人生世相）本皆一纵即逝，于理不可复现，像古希腊哲人所说的："濯足急流，抽足再入，已非前水。"它是有限的，常变的，转瞬即化为陈腐的。诗的境界是理想境界，是从时间与空间中执着一微点而加以永恒化与普遍化。它可以在无数心灵中继续复现，虽复现而却不落于陈腐，因为它能够在每个欣赏者的当时当境的特殊性格与情趣中吸取新鲜生命。诗的境界在刹那中见终古，在微尘中显大千，在有限中寓无限。

从前诗话家常拈出一两个字来称呼诗的这种独立自足的小天地。严沧浪所说的"兴趣"，王渔洋所说的"神韵"，袁简斋所说的"性灵"，都只能得其片面。王静安标举"境界"二字，似较概括，这里就采用它。

一、诗与直觉

无论是欣赏或是创造，都必须见到一种诗的境界。这里"见"字最紧要。凡所见皆成境界，但不必全是诗的境界。一种境界是否能成为诗的境界，全靠"见"的作用如何。要产生诗的境界，"见"必须具备两个重要条件。

第一，诗的"见"必为"直觉"（intuition）。有"见"即有"觉"，觉可为"直觉"，亦可为"知觉"（perception）。"直觉"得对于个别事物的知（knowledge of individual things），"知觉"得对于诸事物中关系的知（knowledge of the relations between things），亦称"名理的知"（参看克罗齐《美学》第一章）。

例如看见一株梅花，你觉得"这是梅花"，"它是冬天开花的木本植物"，"它的花香，可以摘来插瓶或送人"等等。你所觉到的是梅花与其他事物的关系，这就是它的"意义"。意义都从关系见出，了解意义的知都是"名理的知"，都可用"A为B"公式表出，认识A为B，便是知觉A，便是把所觉对象A归纳到一个概念B里去。就名理的知而言，A自身无意义，必须与B、C等生关系，才有意义，我们的注意不能在A本身停住，必须把A当作一块踏脚石，跳到与A有关系的事物B、C等等上去。但是所觉对象除开它的意义之外，尚有它本身形象。在凝神注视梅花时，你可以把全副精神专注在它本身形象，如像注视一幅梅花画似的，无暇思索它的意义或是它与其他事物的关系。这时你仍有所觉，就是梅花本身形象（form）在你心中所现的"意象"（image）。这种"觉"就是克罗齐所说的"直觉"。

诗的境界是用"直觉"见出来的，它是"直觉的知"的内容而不是"名理的知"的内容。比如说读上面所引的崔颢《长干行》，你必须有一顷刻中把它所写的情境看成一幅新鲜的图画，或是一幕生动的戏剧，让它笼罩住你的意识全部，使你聚精会神地观赏它，玩味它，以至于把它以外的一切事物都暂时忘却。在这一顷刻中你不能同时起"它是一首唐人五绝"，"它用平声韵"，"横塘是某处地名"，"我自己曾经被一位不相识的人认为同乡"之类的联想。这些联想一发生，你立刻就从诗的境界迁到名理世界和实际世界了。

这番话并非否认思考和联想对于诗的重要。作诗和读诗，都必用思考，都必起联想，甚至于思考愈周密，诗的境界愈深刻；联想愈丰富，诗的境界愈美备。但是在用思考起联想时，你的心思在旁驰博骛，决不能同时直觉到完整的诗的境界。思想与联想只是一种酝酿工作。直觉的知常进为名理的知，名理的知亦可酿成直觉的知，但绝不能同时进行，因为心本无二用，而直觉的特色尤在凝神注视。读一首诗和作一首诗都常需经过艰苦思索，思索之后，一旦豁然贯通，全诗的境界于是像灵光一现似的突然现在眼前，使人心旷神怡，忘怀一切，这种现象通常人称为"灵感"。诗的境界的突现都起于灵感。灵感亦并无任何神秘，它就是直觉，就是"想象"（imagination，原谓意象的形成），也就是禅家所谓"悟"。

一个境界如果不能在直觉中成为一个独立自足的意象，那就还没有完整的形象，就还不成为诗的境界。一首诗如果不能令人当作一个独立自足的意象看，那还有芜杂凑塞或空虚的毛病，不能算是好诗。古典派学者向来主张艺术须有"整一"（unity），实在有一个深理在里面，就是要使在读者心中能成为一种完整的独立自足的境界。

二、意象与情趣的契合

要产生诗的境界，"见"所须具的第二个条件是所见意象必恰能表现一种情趣，"见"为"见者"的主动，不纯粹是被动的接收。所见对象本为生糙零乱的材料，经"见"才具有它的特殊形象，所以"见"都含有创造性。比如天上的北斗星本为七个错乱的光点，和它们邻近星都是一样，但是现于见者心中的则为像斗的一个完整的形象。这形象是"见"的活动所赐予那七颗乱点的。

仔细分析，凡所见物的形象都有几分是"见"所创造的。凡"见"都带有创造性，"见"为直觉时尤其是如此。凝神观照之际，心中只有一个完整的孤立的意象，无比较，无分析，无旁涉，结果常致物我由两忘而同一，我的情趣与物的意态遂往复交流，不知不觉之中人情与物理互相渗透。

比如注视一座高山，我们仿佛觉得它从平地耸立起，挺着一个雄伟峭拔的身躯，在那里很镇静地庄严地俯视一切。同时，我们也不知不觉地肃然起敬，竖起头脑，挺起腰杆，仿佛在模仿山的那副雄伟峭拔的神气。前一种现象是以人情衡物理，美学家称为"移情作用"（empathy），后一种现象是以物理移人情，美学家称为"内模仿作用"（inner imitation）（参看拙著《文艺心理学》第三、四章）。

移情作用是极端的凝神注视的结果，它是否发生以及发生时的深浅程度都随人随时随境而异。

直觉有不发生移情作用的，下文当再论及。不过欣赏自然，即在自然中发现诗的境界时，移情作用往往是一个要素。"大地山河以及风云星斗原来都是死板的东西，我们往往觉得它们有情感，有生命，有动作，这都是移情作用的结果。比如云何尝能飞？泉何尝能跃？我们却常说云飞泉跃。山何尝能鸣？谷何尝能应？我们却常说山鸣谷应，诗文的妙处往往都从移情作用得来。例如'菊残犹有傲霜枝'句的'傲'，'云破月来花弄影'句的'来'和'弄'，'数峰清苦，商略黄昏雨'句的'清苦'和'商略'，'徘徊枝上月，空度可怜宵'句的'徘徊'、'空度'和'可怜'，'相看两不厌，只有敬亭山'句的'相看'和'不厌'，都是原文的精彩所在，也都是移情作用的实例。"（《文艺心理学》第三章）

从移情作用我们可以看出内在的情趣常和外来的意象相融合而互

相影响。比如欣赏自然风景，就一方面说，心情随风景千变万化，睹鱼跃鸢飞而欣然自得，闻胡笳暮角则黯然神伤；就另一方面说，风景也随心情而变化生长，心情千变万化，风景也随之千变万化，惜别时蜡烛似乎垂泪，兴到时青山亦觉点头。这两种貌似相反而实相同的现象就是从前人所说的"即景生情，因情生景"。情景相生而且相契合无间，情恰能称景，景也恰能传情，这便是诗的境界。

每个诗的境界都必有"情趣"（feeling）和"意象"（image）两个要素。"情趣"简称"情"，"意象"即是"景"。吾人时时在情趣里过活，却很少能将情趣化为诗，因为情趣是可比喻而不可直接描绘的实感，如果不附丽到具体的意象上去，就根本没有可见的形象。我们抬头一看，或是闭目一想，无数的意象就纷至沓来，其中也只有极少数的偶尔成为诗的意象，因为纷至沓来的意象零乱破碎，不成章法，不具生命，必须有情趣来融化它们，贯注它们，才内有生命，外有完整形象。克罗齐在《美学》里把这个道理说得很清楚：

> 艺术把一种情趣寄托在一个意象里，情趣离意象，或是意象离情趣，都不能独立。史诗和抒情诗的分别，戏剧和抒情诗的分别，都是烦琐派学者强为之说，分其所不可分。凡是艺术都是抒情的，都是情感的史诗或剧诗。

这就是说，抒情诗虽以主观的情趣为主，亦不能离意象；史诗和戏剧虽以客观的事迹所生的意象为主，亦不能离情趣。

诗的境界是情景的契合。宇宙中事事物物常在变动发展中，无绝对相同的情趣，亦无绝对相同的景象。情景相生，所以诗的境界是由创造来的，生生不息的。以"景"为天生自在，俯拾即得，对于人人都是一成不变的，这是常识的错误。

阿米儿（Amiel）说得好："一片自然风景就是一种心情。"景是各人性格和情趣的返照。情趣不同则景象虽似同而实不同。比如陶潜在"悠然见南山"时，杜甫在见到"造化钟神秀，阴阳割昏晓"时，李白在觉得"相看两不厌，只有敬亭山"时，辛弃疾在想到"我见青山多妩媚，料青山见我应如是"时，姜夔在见到"数峰清苦，商略黄昏雨"时，都见到山的美。在表面上意象（景）虽似都是山，在实际上却因所贯注的情趣不同，各是一种境界。

我们可以说，每人所见到的世界都是他自己所创造的。物的意蕴深浅与人的情趣深浅成正比例，深人所见于物者亦深，浅人所见于物者亦浅。诗人与常人的分别就在此。同是一个世界，对于诗人常呈现新鲜有趣的境界，对于常人则永远是那么一个平凡乏味的混乱体。

这个道理也可以适用于诗的欣赏。就见到情景契合境界来说，欣赏与创造并无分别。比如说姜夔的"数峰清苦，商略黄昏雨"一句词含有一个情景契合的境界，他在写这句词时，须先从自然中见到这种意境，感到这种情趣，然后拿这九个字把它传达出来。在见到那种境界时，他必觉得它有趣，在创造也是在欣赏。这九个字本不能算是诗，只是一种符号。如果我不认识这九个字，这句词对于我便无意义，就失其诗的功效。如果它对于我能产生诗的功效，我必须能从这九个字符号中，领略出姜夔原来所见到的境界。在读他的这句词而见到他所见到的境界时，我必须使用心灵综合作用，在欣赏也是在创造。

因为有创造作用，我所见到的意象和所感到的情趣和姜夔所见到和感到的便不能绝对相同，也不能和任何其他读者所见到和感到的绝对相同。每人所能领略到的境界都是性格、情趣和经验的返照，而性格、情趣和经验是彼此不同的，所以无论是欣赏自然风景或是读诗，各人在对象（Object）中取得（take）多少，就看他在自我（Subject ego）中能够付与（give）多少，无所付与便不能有所取得。

不但如此，同是一首诗，你今天读它所得的和你明天读它所得的也不能完全相同，因为性格、情趣和经验是生生不息的。欣赏一首诗就是再造（recreate）一首诗；每次再造时，都要凭当时当境的整个的情趣和经验做基础，所以每时每境所再造的都必定是一首新鲜的诗。

诗与其他艺术都各有物质的和精神的两方面。物质的方面如印成的诗集，它除了受天时和人力的损害以外，大体是固定的。精神的方面就是情景契合的意境，时时刻刻都在"创化"中。创造永不会是复演（repetition），欣赏也永不会是复演。真正的诗的境界是无限的，永远新鲜的。

三、关于诗的境界的几种分别

明白情趣和意象契合的关系，我们就可以讨论关于诗境的几种重要的分别了。

第一个分别就是王国维在《人间词话》里所提出的"隔"与"不隔"的分别，依他说：

陶谢之诗不隔，延年则稍隔矣；东坡之诗不隔，山谷则稍隔矣。"池塘生春草""空梁落燕泥"等二句妙处唯在不隔。词亦如是。即以一人一词论，如欧阳公《少年游》咏春草上半阕云"阑干十二独凭春，晴碧远连云，二月三月，千里万里，行色苦愁人"，语语都在目前，便是不隔；至云"谢家池上，江淹浦畔"，则隔矣。白石《翠楼吟》"此地宜有词仙，拥素云黄鹤，与君游戏。玉梯凝望久，叹芳草，萋萋千里"，便是不隔，至"酒祓清愁，花销英气"则隔矣。

他不满意于姜白石，说他"格韵虽高，然如雾里看花，终隔一层"。在这些实例中，他只指出一个前人未曾道破的分别，却没有详细说明理由。

依我们看，隔与不隔的分别就从情趣和意象的关系上面见出。情趣与意象恰相熨帖，使人见到意象，便感到情趣，便是不隔。意象模糊零乱或空洞，情趣浅薄或粗疏，不能在读者心中现出明了深刻的境界，便是隔。

比如"谢家池上"是用"池塘生春草"的典，"江淹浦畔"是用《别赋》"春草碧色，春水绿波，送君南浦，伤如之何"的典。谢诗江赋原来都不隔，何以入欧词便隔呢？因为"池塘生春草"和"春草碧色"数句都是很具体的意象，都有很新颖的情趣。欧词因春草的联想，就把这些名句硬拉来凑成典故，"谢家池上，江淹浦畔"二句，意象既不明晰，情趣又不真切，所以隔。

王氏论隔与不隔的分别，说隔如"雾里看花"，不隔为"语语都在目前"，似有可商酌处。诗原有偏重"显"与偏重"隐"的两种。法国十九世纪帕尔纳斯派与象征派的争执就在此。帕尔纳斯派力求"显"，如王氏所说的"语语都在目前"，如图画、雕刻。象征派则以过于明显为忌，他们的诗有时正如王氏所谓"隔雾看花"，迷离恍惚，如瓦格纳的音乐。这两派诗虽不同，仍各有隔与不隔之别，仍各有好诗和坏诗。王氏的"语语都在目前"的标准似太偏重"显"。

近年来新诗作者与论者，曾经有几度很激烈地争辩诗是否应一律明显的问题。"显"易流于粗浅，"隐"易流于晦涩，这是大家都看得见的毛病。但是"显"也有不粗浅的，"隐"也有不晦涩的，持门户之见者似乎没有认清这个事实。我们不能希望一切诗都"显"，也不能希望一切诗都"隐"，因为在生理和心理方面，人原来有种种"类型"上的差异。有人接受诗偏重视觉器官，一切要能用眼睛看得见，所以要求诗须"显"，须如造型艺术。也有人接受诗偏重听觉与筋肉感觉，最易受音乐节奏的感动，所以要求诗须"隐"，须如音乐，才富于暗示性。

所谓意象，原不必全由视觉产生。各种感觉器官都可以产生意象。不过多数人形成意象，以来自视觉者为最丰富，在欣赏诗或创造诗时，视觉意象也最为重要。因为这个缘故，要求诗须明显的人数占多数。

显则轮廓分明，隐则含蓄深永，功用原来不同。说概括一点，写景诗宜于显，言情诗所托之景虽仍宜于显，而所寓之情则宜于隐。梅圣俞说诗须"状难写之景，如在目前；含不尽之意，见于言外"，就是看到写景宜显、写情宜隐的道理。

写景不宜隐，隐易流于晦；写情不宜显，显易流于浅。

谢朓的"余霞散成绮，澄江静如练"，杜甫的"细雨鱼儿出，微风燕子斜"，以及林逋的"疏影横斜水清浅，暗香浮动月黄昏"诸句，在写景中为绝作，妙处正在能显，如梅圣俞所说的"状难写之景，如在目前"。秦少游的《水龙吟》入首两句"小楼连苑横空，下窥绣毂雕鞍骤"，苏东坡讥他"十三个字只说得一个人骑马楼前过"，它的毛病也就在不显。

言情的杰作如古诗"步出城东门，遥望江南路。前日风雪中，故人从此去"，李白的"玉阶生白露，夜久侵罗袜。却下水晶帘，玲珑望秋月"，王昌龄的"奉帚平明金殿开，且将团扇共徘徊。玉颜不及寒鸦色，犹带昭阳日影来"，诸诗妙处亦正在隐，如梅圣俞所说的"含不尽之意，见于言外"。

王氏在《人间词话》里，于隔与不隔之外，又提出"有我之境"与"无我之境"的分别：

> 有有我之境，有无我之境。"泪眼问花花不语，乱红飞过秋千去"，"可堪孤馆闭春寒，杜鹃声里斜阳暮"，有我之境也；"采菊东篱下，悠然见南山"，"寒波澹澹起，白鸟悠悠下"，无我之境也。有我之境，以我观物，故物皆著我之色彩；无我之境，以物观物，故不知何者为我，何者为

物。……无我之境，人唯于静中得之；有我之境，于由动之静时得之，故一优美，一宏壮也。

这里所指出的分别实在是一个很精微的分别。不过从近代美学观点看，王氏所用名词似待商酌。他所谓"以我观物，故物皆著我之色彩"，就是"移情作用"，"泪眼问花花不语"一例可证。

移情作用是凝神注视，物我两忘的结果，叔本华所谓"消失自我"。所以王氏所谓"有我之境"其实是"无我之境"（即忘我之境）。他的"无我之境"的实例为"采菊东篱下，悠然见南山"，"寒波澹澹起，白鸟悠悠下"，都是诗人在冷静中所回味出来的妙境（所谓"于静中得之"），没有经过移情作用，所以实是"有我之境"。

与其说"有我之境"与"无我之境"，似不如说"超物之境"和"同物之境"，因为严格地说，诗在任何境界中都必须有我，都必须为自我性格、情趣和经验的返照。"泪眼问花花不语""徘徊花上月，空度可怜宵""数峰清苦，商略黄昏雨"，都是同物之境。"鸢飞戾天，鱼跃于渊""微雨从东来，好风与之俱""兴阑啼鸟换，坐久落花多"，都是超物之境。

王氏以为"有我之境"（其实是"无我之境"或"同物之境"），比"无我之境"（其实是"有我之境"或"超物之境"）品格较低，他说："古人为词，写有我之境者为多，然未始不能写无我之境，此在豪杰之士能自树立耳。"他没有说明此优于彼的理由。英国文艺批评家罗斯金（Ruskin）主张相同。他诋毁起于移情作用的诗，说它是"情感的错觉"（pathetic fallacy），以为第一流诗人都必能以理智控制情感，只有第二流诗人才为情感所摇动，失去静观的理智，于是以在我的情感误置于外物，使外物呈现一种错误的面目。他说：

> 我们有三种人：一种人见识真确，因为他不生情感，对于他樱草花只是十足的樱草花，因为他不爱它。第二种人见识错误，因为他生情感，对于他樱草花就不是樱草花而是一颗星，一个太阳，一个仙人的护身盾，或是一位被遗弃的少女。第三种人见识真确，虽然他也生情感，对于他樱草花永远是它本身那么一件东西，一枝小花，从它的简明的连茎带叶的事实认识出来，不管有多少联想和情绪纷纷围着它。这三种人的身份高低大概可以这样定下：第一种完全不是诗人，第二种是第二流诗人，第三种是第一流诗人。

这番话着重理智控制情感，也只有片面的真理。情感本身自有它的真实性，事物隔着情感的屏障去窥透，自另现一种面目。诗的存在就根据这个基本事实。如依罗斯金说诗的真理（poetic truth）必须同时是科学的真理。这显然是与事实不符的。

依我们看，抽象地定衡量诗的标准总不免有武断的毛病。"同物之境"和"超物之境"各有胜境，不易以一概论优劣。比如陶潜诗"采菊东篱下，悠然见南山"为"超物之境"，"平畴交远风，良苗亦怀新"则为"同物之境"。王维诗"渡头余落日，墟里上孤烟"为"超物之境"，"落日鸟边下，秋原人外闲"则为"同物之境"。它们各有妙处，实不易品定高下。

"超物之境"与"同物之境"亦各有深浅雅俗。同为"超物之境",谢灵运的"林壑敛秋色,云霞收夕霏",似不如陶潜的"山气日夕佳,飞鸟相与还",或是王绩的"树树皆秋色,山山唯落晖"。同是"同物之境",杜甫的"感时花溅泪,恨别鸟惊心",似不如陶潜的"平畴交远风,良苗亦怀新",或是姜夔的"数峰清苦,商略黄昏雨"。两种不同的境界都可以有天机,也都可以有人巧。

"同物之境"起于移情作用。移情作用为原始民族与婴儿的心理特色,神话、宗教都是它的产品。论理,古代诗应多"同物之境",而事实适得其反。在欧洲从十九世纪起,诗中才多移情实例。中国诗在魏晋以前,移情实例极不易寻,到魏晋以后,它才逐渐多起来,尤其是词和律诗中。我们可以说,"同物之境"不是古诗的特色。"同物之境"日多,诗便从浑厚日趋尖新。这似乎是证明"同物之境"品格较低,但是古今各有特长,不必古人都是对的,后人都是错的。

"同物之境"在古代所以不多见者,主要原因在古人不很注意自然本身,自然只是作"比""兴"用的,不是值得单独描绘的。"同物之境"是和歌咏自然的诗一齐起来的。诗到以自然本身为吟咏对象,到有"同物之境",实是一种大解放,我们正不必因其"不古"而轻视它。

四、诗的主观与客观

诗的境界是情趣与意象的融合。情趣是感受来的,起于自我的,可经历而不可描绘的；意象是观照得来的，起于外物的，有形象可描绘的。情趣是基层的生活经验，意象则起于对基层经验的反省。情趣如自我容貌，意象则为对镜自照。二者之中不但有差异而且有天然难跨越的鸿沟。由主观的情趣如何能跳这鸿沟而达到客观的意象，是诗和其他艺术所必征服的困难。如略加思索，这困难终于被征服，真是一大奇迹！

尼采的《悲剧的诞生》可以说是这种困难的征服史。宇宙与人类生命，像叔本华所分析的，含有意志（will）与意象（idea）两个要素。有意志即有需求、有情感，需求与情感即为一切苦恼悲哀之源。人永远不能由自我与其所带意志中拔出，所以生命永远是一种苦痛。生命苦痛的救星即为意象。意象是意志的外射或对象化（objectification），有意象则人取得超然地位，凭高俯视意志的挣扎，恍然彻悟这幅光怪陆离的形象大可以娱目赏心。

尼采根据叔本华的这种悲观哲学，发挥为"由形象得解脱"（redemption through appearance）之说，他用两个希腊神名来象征意志与意象的冲突。意志为酒神狄俄倪索斯（Dionysus），赋有时时刻刻都有的活力与狂热，同时又感到变化（becoming）无常的痛苦，于是沉一切痛苦于酣醉。酣醉于醇酒妇人，酣醉于狂歌曼舞。苦痛是狄俄倪索斯的基本精神，歌舞是狄俄倪索斯精神所表现的艺术。意象如日神阿波罗（Apollo），凭高普照，世界一切事物借他的光辉而显现形象，他怡然地像做甜蜜梦似的在那里静观自得，一切"变化"在取得形象之中就注定成了"真如"（being）。

静穆是阿波罗的基本精神，造型的图画与雕刻是阿波罗精神所表现的艺术。这两种精神本是绝对相冲突的，而希腊人的智慧却成就了打破这冲突的奇迹。他们转移阿波罗的明镜来照临狄俄倪索斯的痛苦挣扎，于是意志外射于意象，痛苦赋形为庄严优美，结果乃有希腊悲剧的产生。悲剧是希腊人"由形象得解脱"的一条路径。人生世相充满着缺陷、灾祸、罪孽；从道德观点看，它是恶的；从艺术观点看，它可以是美的。悲剧是希腊人从艺术观点在缺陷、灾祸、罪孽中所看到的美的形象。

尼采虽然专指悲剧，其实他的话可适用于诗和一般艺术。他很明显地指示出主观的情趣与客观的意象之隔阂与冲突，同时也很具体地说明这种冲突的调和。诗是情趣的流露，或者说，狄俄倪索斯精神的焕发。但是情趣每不能流露于诗，因为诗的情趣并不是生糙自然的情趣，它必定经过一番冷静的观照和熔化洗练的功夫，它须受过阿波罗的洗礼。一般人和诗人都感受情趣，但是有一个重要分别。一般人感受情趣时便为情趣所羁縻，当其忧喜，若不自胜，忧喜既过，便不复在想象中留一种余波返照。诗人感受情趣之后，却能跳到旁边来，很冷静地把它当作意象来观照玩索。

英国诗人华兹华斯（Wordsworth）尝自道经验说："诗起于经过在沉静中回味来的情绪（emotions recollected in tranquility）。"这是一句至理名言，尼采用一部书所说的道理，他用一句话就说完了。感受情趣而能在沉静中回味，就是诗人的特殊本领。一般人的情绪有如雨后行潦，夹杂污泥朽木奔泻，来势浩荡，去无踪影。诗人的情绪好比冬潭积水，渣滓沉淀净尽，清莹澄澈，天光云影，灿然耀目。"沉静中的回味"是它的渗沥手续，灵心妙悟是它的渗沥器。

在感受时，悲欢怨爱，两两相反；在回味时，欢爱固然可欣，悲怨亦复有趣。从感受到回味，是从现实世界跳到诗的境界，从实用态度变为美感态度。在现实世界中处处都是牵绊冲突，可喜者引起营求，可悲者引起畏避；在诗的境界中尘忧俗虑都洗濯净尽，可喜与可悲者一样看待，所以相冲突者各得其所，相安无碍。

诗的情趣都从沉静中回味得来。感受情感是能入，回味情感是能出。诗人于情趣都要能入能出。单就能入说，它是主观的；单就能出说，它是客观的。能入而不能出，或是能出而不能入，都不能成为大诗人，所以严格地说，"主观的"和"客观的"分别在诗中是不存在的。

比如班婕妤的《怨歌行》，蔡琰的《悲愤诗》，杜甫的《奉先咏怀》和《北征》，李后主的《相见欢》之类作品，都是"痛定思痛"，入而能出，是主观的也是客观的。

陶渊明的《闲情赋》，李白的《长干行》，杜甫的《新婚别》《石壕吏》和《无家别》，韦庄的《秦妇吟》之类作品，都是"体物入微"，出而能入，是客观的也是主观的。

一般人以为文学上"古典的"与"浪漫的"一个分别是基本的，因为古典派偏重意象的完整优美，浪漫派则偏重情感的自然流露，一重形式，一重实质。依克罗齐看，这种分别就起于意象与情趣可分离一个误解。他说："在第一流作品中，古典和浪漫的冲突是不存在的，它同时是'古典的'与'浪漫的'，因为它是情感的也是意象的，是健旺的情感所化生的庄严的意象。"在诸艺术中，情感与意象不能分开的以音乐为最显著。英国批评家佩特（W. Pater）说："一切艺术都以逼近音乐为指归。"克罗齐引这句话而加以补充说："其实说得更精确一点，一切艺术都是音乐，因为这样说才可以见出艺术的意象都生于情感。"克罗齐否认"古典的"与"浪漫的"分别，其实就是否认"客观的"与"主观的"分别。

十九世纪中叶法国诗坛上曾经发生一次很热烈的争执，就是"帕尔纳斯派"（Parnasse）对于浪漫主义的反动。浪漫派诗的特点在着重情感的自然流露，所谓"想象"也是受情趣决定。离开"自我"便无情趣可言，所以浪漫派诗大半可看成诗人的自供。帕尔纳斯派受写实主义的影响，嫌浪漫派偏重唯我主义，不免使诗变成个人怪癖的暴露。他们要换过花样来，提倡"不动情感主义"，把自我个性丢开，专站在客观地位描写恬静幽美的意象，使诗和雕刻一样冷静明晰（浪漫派要和音乐一样热烈生动，与此恰相反）。

从这种争执发生之后，德国哲学家所常提起的"主观的"和"客观的"一个分别便被批评家拉到文学上面来，于是一般人以为文学原有两种："主观的"偏重情感的"表现"，"客观的"偏重人生自然的"再现"。其实这两种虽各有偏向，并没有很严格的逻辑的分别。没有诗能完全是主观的，因为情感的直率流露仅为啼笑嗟叹，如表现为诗，必外射为观照的对象（object）。也没有诗完全是客观的，因为艺术对于自然必有取舍剪裁，就必受作者的情趣影响，像我们在上文已经说过的。左拉（Zola）本是倾向写实主义的，也说："艺术作品只是隔着情感的屏障所窥透的自然一隅。"帕尔纳斯派在实际上也并未能彻底实现"不动情感主义"，而且他们的运动只是昙花一现，也足证明纯粹的、"客观的"诗不易成立。

五、情趣与意象契合的分量

诗的理想是情趣与意象的诉合无间，所以必定是"主观的"与"客观的"。但这究竟是理想。在实际上"主观的"与"客观的"虽不是绝对的分别，却常有程度上的等差。情趣与意象之中有尼采所指出的隔阂与冲突。打破这种隔阂与冲突是艺术的主要使命，把它们完全打破，使情趣与意象融化得恰到好处，这是达到最高理想的艺术。完全没有把它们打破，从情趣出发者止于啼笑嗟叹，从意象出发者止于零乱空洞的幻想，就不成其为艺术。这两极端之中有意象富于情趣的，也有情趣富于意象的，虽非完美的艺术，究仍不失其为艺术。

克罗齐否认"古典的"与"浪漫的"分别，在理论上自有特见，但是在实际上，古典艺术与浪漫艺术确各有偏重，也毋庸讳言。意象具有完整形式，为古典艺术的主要信条，拿这个标准来衡量浪漫艺术则大半作品都不免有缺陷，例如十九世纪初期诗人，柯尔律治和济慈诸人，有许多好诗都是未完成的断简零编。情感生动为浪漫派作品的特色，但是后来写实派作者却极力排除主观的情感而侧重冷静的忠实的叙述。"表现"与"再现"不仅是理论上的冲突，历史事实也很明显地证明作品方面原有这两种偏向。

姑就中国诗说，魏晋以前，古风以浑厚见长，情致深挚而见于文字的意象则如叶燮在《原诗》里所说的"土簋击壤穴居俪皮"，仍保持原始时代的简朴。有时诗人直吐心曲，几仅如嗟叹啼笑，有所感触即脱口而出，不但没有在意象上做功夫，而且好像没有经过反省与回味。我们试玩味下列诸诗：

彼黍离离，彼稷之苗。行迈靡靡，心中摇摇。知我者谓我心忧，不知我者谓我何求。悠悠苍天，此何人哉！

——《诗经·王风》

中谷有蓷，暵其干矣。有女仳离，慨其叹矣；慨其叹矣，遇人之艰难矣！

——《诗经·王风》

骄人好好，劳人草草。苍天苍天，视彼骄人，矜此劳人！

——《诗经·小雅》

陟彼北芒兮，噫！顾瞻帝京兮，噫！宫阙崔巍兮，噫！民之劬劳兮，噫！辽辽未央兮，噫！

——梁鸿《五噫歌》

公无渡河，公竟渡河。渡河而死，当奈公何！

——《箜篌引》

这些诗固然如上文所说的"痛定思痛"，在创作时悲痛情绪自成意象，但与寻常取意象来象征情绪的诗自有分别。《诗经》中比兴两类就是有意要拿意象来象征情趣，但是通常很少完全做到象征的地步，因为比兴只是一种引子，而本来要说的话终须直率说出。例如

"关关雎鸠，在河之洲"，只是引起"窈窕淑女，君子好逑"，而不能代替或完全表现这两句话的意思。像"昔我往矣，杨柳依依；今我来思，雨雪霏霏"，情趣恰隐寓于意象，可谓达到象征妙境，但在《诗经》中并不多见。汉魏作风较《诗经》已大变，但运用意象的技巧仍未脱比兴旧规。就大概说，比多于兴，例如：

薤上露，何易晞！露晞明朝更复落，人死一去何时归！

——《薤露歌》

皑如山上雪，皎如云间月。闻君有两意，故来相决绝……

——卓文君《白头吟》

翩翩堂前燕，冬藏夏来见。兄弟两三人，流宕在他县。

——《艳歌行》

朝云浮四海，日暮归故山。行役怀旧土，悲思不能言……

——应玚《别诗》

以上都仅是"比"。"兴"例亦偶尔遇见，但大半仅取目前气象，即景生情，不如《诗经》中"兴"类诗之微妙多变化。例如：

大风起兮云飞扬，威加海内兮归故乡，安得猛士兮守四方！

　　　　　　　　　　　　　　　——汉高帝《大风歌》

青青河畔草，郁郁园中柳。盈盈楼上女，皎皎当窗牖……

　　　　　　　　　　　　　　　——《古诗十九首》

明月照高楼，流光正徘徊。上有愁思妇，悲叹有余哀……

　　　　　　　　　　　　　　　——曹植《七哀诗》

开秋兆凉气，蟋蟀鸣床帷。感物怀殷忧，悄悄令心悲……

　　　　　　　　　　　　　　　——阮籍《咏怀》

　　这些诗的起句，微有"兴"的意味，但如果把它们看作"直陈其事"的"赋"亦无不可。在汉魏时，诗用似相关而又不尽相关的意象引起本文正意，似已成为一种传统的技巧。有时这种意象成为一种附赘悬瘤，非本文正意所绝对必需，例如：

鸡鸣高树巅，狗吠深宫中。荡子何所之，天下方太平……

　　　　　　　　　　　　　　　——古乐府《鸡鸣》

月没参横，北斗阑干。亲交在门，饥不及餐……

　　　　　　　　　　　　　　　——古乐府《善哉行》

孔雀东南飞，五里一徘徊。十三能织素，十四学裁衣……

——《孔雀东南飞》

蒲生我池中，其叶何离离！傍能行仁义，莫若妾自知……

——古乐府《塘上行》

起首两句引子，都与正文毫不相干，它们的起源，与其说是"套"现成的民歌的起头，如胡适所说的，不如说是沿用《国风》以来的传统的技巧。《国风》的意象引子原有比兴之用，到后来数典忘祖，就不问它是否有比兴之用，只戴上那么一个礼帽应付场面，不合头也不管了。

汉魏诗中像这样漫用空洞意象的例子不甚多。从另一方面看，这时期的诗应用意象的技巧却比《诗经》有进步。《诗经》只用意象做引子，汉魏诗则常在篇中或篇末插入意象来烘托情趣，姑举李陵《与苏武诗》为例：

良时不再至，离别在须臾。屏营衢路侧，执手野踟蹰。仰视浮云驰，奄忽互相逾。风波一失所，各在天一隅。长当从此别，且复立斯须。欲因晨风发，送子以贱躯。

中间"仰视浮云驰"四句，有兴兼比之用，意象与情趣偶然相遇，遇即诉合无间。此外如魏文帝《燕歌行》在描写怨女援琴写哀之后，忽接上"明月皎皎照我床，星汉西流夜未央，牵牛织女遥相望，尔独何辜限河梁"四句，也有情景吻合之妙。这种随时随境用意象比兴的写法打破固定地在起头几句用比兴的机械，实在是一种进步。此外汉魏诗渐有全章以意象寓情趣，不言正意而正意自见的，班婕妤的《怨歌行》以秋风弃扇隐喻自己的怨情是著例。这种写法也是《国风》里所少有的。

中国古诗大半是情趣富于意象。诗艺的演进可以从多方面看，如果从情趣与意象的配合看，中国古诗的演进可以分为三个步骤：首先是情趣逐渐征服意象，中间是征服的完成，后来意象蔚起，几成一种独立自足的境界，自引起一种情趣。

第一步是因情生景或因情生文，第二步是情景吻合、情文并茂，第三步是即景生情或因文生情。

这种演进阶段自然也不可概以时代分，就大略说，汉魏以前是第一步，在自然界所取之意象仅如人物故事画以山水为背景，只是一种陪衬。

汉魏时代是第二步，《古诗十九首》、苏李赠答及曹氏父子兄弟的作品中意象与情趣常达到混化无迹之妙，到陶渊明手里，情景的吻合可算登峰造极。

六朝是第三步，从大小谢恣情山水起，自然景物的描绘从陪衬地位抬到主要地位，如山水画在图画中自成一大宗派一样，后来便渐趋于艳丽一途了。如论情趣，中国诗最艳丽的似无过于《国风》，乃"艳丽"二字不加诸《国风》而加诸齐梁人作品者，正以其特好雕词饰藻，为意象而意象。

转变的关键是赋。赋偏重铺陈景物，把诗人的注意渐从内心变化引到自然界变化方面去。从赋的兴起，中国才有大规模的描写诗；也从赋的兴起，中国诗才渐由情趣富于意象的《国风》转到六朝人意象富于情趣的艳丽之作。汉魏时代赋最盛，诗受赋的影响也逐渐在铺陈辞藻上做功夫，有时运用意象，并非因为表现情趣所必需而是因为它自身的美丽，《陌上桑》《羽林郎》、曹植《美女篇》都极力铺张明眸皓齿、艳装盛服，可以为证。六朝人只是推演这种风气。

一般批评家对于六朝人及唐朝温、李一派作品常存歧视。其实诗的好坏绝难拿一个绝对的标准去衡量。我们说，诗的最高理想在情景吻合，这也只能就大体说。古诗有许多专从"情"出发而不十分注意于"景"的，魏晋以后诗有许多专从"景"出发，除流连于"景"的本身外，别无其他情趣借"景"表现的。这两种诗都不能算是达到情景诉合无间的标准，也还可以成为上品诗。我们姑举几首短诗为例：

（一）公无渡河，公竟渡河。渡河而死，当奈公何！

——《箜篌引》

（二）奈何许，天下人何限，慊慊只为汝！

——《华山畿》

（三）昔我往矣，杨柳依依；今我来思，雨雪霏霏。

——《诗经》

（四）结庐在人境，而无车马喧。问君何能尔，心远地自偏。采菊东篱下，悠然见南山。山气日夕佳，飞鸟相与还。此中有真意，欲辨已忘言。

——陶潜《饮酒》

（五）江南可采莲，莲叶何田田！鱼戏莲叶间。鱼戏莲叶东，鱼戏莲叶西，鱼戏莲叶南，鱼戏莲叶北。

——《江南》

（六）敕勒川，阴山下，天似穹庐，笼盖四野。天苍苍，野茫茫，风吹草低见牛羊。

——《敕勒歌》

这六首诗之中，只有（三）（四）两首可算情景吻合，景恰足以传情。（一）（二）两首纯从情感出发，情感直率流露于语言。自然中节，不必寄托于景。（五）（六）两首纯为景的描绘，作者并非有意以意象象征情趣，而意象优美自成一种情趣。六首都可以说是诗的胜境，虽然情景配合的方法与分量绝不同。不过它们各自成一种新鲜的完整的境界，作者心中有值得说的话（情趣或意象）而说得恰到好处，它们在价值上可以互相抗衡，正是因为这个缘故。

我们的着重点在原理不在历史的发展，所以只就六朝以前古诗略择数例说明情趣与意象配合的关系。其实各时代的诗都可用这个方法去分析。唐人的诗和五代及宋人的词尤其宜于从情趣意象配合的观点去研究。

附 中西诗在情趣上的比较

诗的情趣随时随地而异，各民族各时代的诗都各有它的特色。拿它们来参观互较是一种很有趣味的研究。我们姑且拿中国诗和西方诗来说，它们在情趣上就有许多有趣的同点和异点。

西方诗和中国诗的情趣都集中于几种普泛的题材，其中最重要者有（一）人伦（二）自然（三）宗教和哲学几种。我们现在就依着这个层次来说：

（一）先说人伦　西方关于人伦的诗大半以恋爱为中心。中国诗言爱情的虽然很多，但是没有让爱情把其他人伦抹杀。朋友的交情和君臣的恩谊在西方诗中不甚重要，而在中国诗中则几与爱情占同等位置。把屈原、杜甫、陆游诸人的忠君爱国爱民的情感拿去，他们诗的精华便已剥丧大半。

从前注诗注词的人往往在爱情诗上贴上忠君爱国的徽帜，例如毛苌注《诗经》把许多男女相悦的诗看成讽刺时事的。张惠言说温飞卿的《菩萨蛮》十四章为"感士不遇之作"。这种办法固然有些牵强附会。近来人却又另走极端，把真正忠君爱国的诗也贴上爱情的徽帜，例如《离骚》《远游》一类的著作竟有人认为是爱情诗，我以为这也未免失之牵强附会。

看过西方诗的学者见到爱情在西方诗中那样重要，以为它在中国诗中也应该很重要。他们不知道中西社会情形和伦理思想本来不同。恋爱在从前的中国实在没有现代中国人所想的那样重要。

中国叙人伦的诗，通盘计算，关于友朋交谊的比关于男女恋爱的还要多，在许多诗人的集中，赠答酬唱的作品，往往占其大半。苏李、建安七子、李杜、韩孟、苏黄、纳兰性德与顾贞观诸人的交谊古今传为美谈，在西方诗人中为歌德和席勒、华兹华斯与柯尔律治、济慈和雪莱、魏尔伦与兰波诸人虽亦以交谊著，而他们的集中叙友朋乐趣的诗却极少。

恋爱在中国诗中不如在西方诗中重要，有几层原因。第一，西方社会表面上虽以国家为基础，骨子里却侧重个人主义。爱情在个人生命中最关痛痒，所以尽量发展，以至掩盖其他人与人的关系。说尽一个诗人的恋爱史往往就已说尽他的生命史，在近代尤其如此。中国社会表面上虽以家庭为基础，骨子里却侧重兼善主义。文人往往费大半生的光阴于仕宦羁旅，"老妻寄异县"是常事。他们朝夕所接触的不是妇女而是同僚与文字友。

第二，西方受中世纪骑士风的影响，女子地位较高，教育也比较完善，在学问和情趣上往往可以与男子诉合，在中国得于友朋的乐趣，在西方往往可以得之于妇人女子。中国受儒家思想的影响，女子的地位较低。夫妇恩爱常起于伦理观念，在实际上志同道合的乐趣颇不易得。加以中国社会理想侧重功名事业，"随着四婆裙"在儒家看是一件耻事。

第三，东西恋爱观相差也甚远。西方人重视恋爱，有"恋爱最上"的标语。中国人重视婚姻而轻视恋爱，真正的恋爱往往见于"桑间濮上"。潦倒无聊、悲观厌世的人才肯公然寄情于声色，像隋炀帝、李后主几位风流天子都为世所诟病。我们可以说，西方诗人要在恋爱中实现人生，中国诗人往往只求在恋爱中消遣人生。中国诗人脚踏实地，爱情只是爱情；西方诗人比较能高瞻远瞩，爱情之中都有几分人生哲学和宗教情操。

这并非说中国诗人不能深于情。西方爱情诗大半写于婚姻之前，所以称赞容貌诉申爱慕者最多；中国爱情诗大半写于婚姻之后，所以最佳者往往是惜别悼亡。西方爱情诗最长于"慕"，莎士比亚的十四行体诗，雪莱和布朗宁诸人的短诗是"慕"的胜境；中国爱情诗最善于"怨"，《卷耳》《柏舟》《迢迢牵牛星》，曹丕的《燕歌行》，梁玄帝的《荡妇秋思赋》以及李白的《长相思》《怨情》《春思》诸作是"怨"的胜境。

总观全体，我们可以说，西诗以直率胜，中诗以委婉胜；西诗以深刻胜，中诗以微妙胜；西诗以铺陈胜，中诗以简隽胜。

（二）次说自然　在中国和在西方一样，诗人对于自然的爱好都比较晚起。最初的诗都偏重人事，纵使偶尔涉及自然，也不过如最初的画家用山水为人物画的背景，兴趣中心却不在自然本身。

《诗经》是最好的例子。"关关雎鸠，在河之洲"只是作"窈窕淑女，君子好逑"的陪衬；"蒹葭苍苍，白露为霜"只是作"所谓伊人，在水一方"的陪衬。

自然比较人事广大，兴趣由人也因之得到较深广的意蕴。所以自然情趣的兴起是诗的发展史中一件大事。这件大事在中国起于晋宋之交，当公历纪元后五世纪左右；在西方则起于浪漫运动的初期，在公历纪元后十八世纪左右。所以中国自然诗的发生比西方的要早一千三百年的光景。

一般说诗的人颇鄙视六朝，我以为这是一个最大的误解。六朝是中国自然诗发轫的时期，也是中国诗脱离音乐而在文字本身求音乐的时期。从六朝起，中国诗才有音律的专门研究，才创新形式，才寻新情趣，才有较精妍的意象，才吸哲理来扩大诗的内容。就这几层说，六朝可以说是中国诗的浪漫时期，它对于中国诗的重要亦正不让于浪漫运动之于西方诗。

中国自然诗和西方自然诗相比，也像爱情诗一样，一个以委婉、微妙、简隽胜，一个以直率、深刻、铺陈胜。

本来自然美有两种，一种是刚性美，一种是柔性美。刚性美如高山、大海、狂风、暴雨、沉寂的夜和无垠的沙漠；柔性美如清风、皓月、暗香、疏影、青螺似的山光和媚眼似的湖水。

昔人诗有"骏马秋风冀北，杏花春雨江南"两句可以包括这两种美的胜境。

艺术美也有刚柔的分别，姚鼐《与鲁絜非书》已详论过。诗如李杜，词如苏辛，是刚性美的代表；诗如王孟，词如温李，是柔性美的代表。

中国诗自身已有刚柔的分别，但是如果拿它来比较西方诗，则又西诗偏于刚，而中诗偏于柔。西方诗人所爱好的自然是大海，是狂风暴雨，是峭崖荒谷，是日景；中国诗人所爱好的自然是明溪疏柳，是微风细雨，是湖光山色，是月景。

这当然只就其大概说。西方未尝没有柔性美的诗，中国也未尝没有刚性美的诗，但西方诗的柔和中国诗的刚都不是它们的本色特长。

诗人对于自然的爱好可分三种。最粗浅的是"感官主义"，爱微风以其凉爽，爱花以其气香色美，爱鸟声泉水声以其对于听官愉快，爱青天碧水以其对于视官愉快。这是健全人所本有的倾向，凡是诗人都不免带有几分"感官主义"。近代西方有一派诗人，叫作"颓废派"的，专重这种感官主义，在诗中尽量铺陈声色臭味。这种嗜好往往出于个人的怪癖，不能算诗的上乘。

诗人对于自然爱好的第二种起于情趣的默契诉合。"相看两不厌，只有敬亭山"，"平畴交远风，良苗亦怀新"，"万物静观皆自得，四时佳兴与人同"诸诗所表现的态度都属于这一类。这是多数中国诗人对于自然的态度。

第三种是泛神主义，把大自然全体看作神灵的表现，在其中看出不可思议的妙谛，觉到超于人而时时在支配人的力量。自然的崇拜于是成为一种宗教，它含有极原始的迷信和极神秘的哲学。这是多数西方诗人对于自然的态度，中国诗人很少有达到这种境界的。陶潜和华兹华斯都是著名的自然诗人，他们的诗有许多相类似。我们拿他们两人来比较，就可以见出中西诗人对于自然的态度大有分别。我们姑拿陶诗《饮酒》为例：

采菊东篱下，悠然见南山。山气日夕佳，飞鸟相与还。
此中有真意，欲辨已忘言。

从此可知他对于自然，还是取"好读书不求甚解"的态度。他不喜"久在樊笼里"，喜"园林无俗情"，所以居在"方宅十余亩，草屋八九间"的宇宙里，也觉得"称心而言，人亦易足"。他的胸襟这样豁达闲适，所以在"缅然睇曾邱"之际常"欣然有会意"。但是他不

"欲辨"，这就是他和华兹华斯及一般西方诗人的最大异点。

华兹华斯也讨厌"俗情""爱丘山"，也能乐天知足，但是他是一个沉思者，是一个富于宗教情感者。他自述经验说："一朵极平凡的随风荡漾的花，对于我可以引起不能用泪表现得出来的那么深的思想。"他在《听滩寺》诗里又说他觉得有"一种精灵在驱遣一切深思者和一切思想对象，并且在一切事物中运旋"。这种彻悟和这种神秘主义和中国诗人与自然默契相安的态度显然不同。中国诗人在自然中只能听见到自然，西方诗人在自然中往往能见出一种神秘的巨大的力量。

（三）哲学和宗教　中国诗人何以在爱情中只能见到爱情，在自然中只能见到自然，而不能有深一层的彻悟呢？这就不能不归咎于哲学思想的平易和宗教情操的淡薄了。

诗虽不是讨论哲学和宣传宗教的工具，但是它的后面如果没有哲学和宗教，就不易达到深广的境界。诗好比一株花，哲学和宗教好比土壤，土壤不肥沃，根就不能深，花就不能茂。

西方诗比中国诗深广，就因为它有较深广的哲学和宗教在培养它的根干。没有柏拉图和斯宾诺莎就没有歌德、华兹华斯和雪莱诸人所表现的理想主义和泛神主义；没有宗教就没有希腊的悲剧、但丁的《神曲》和弥尔顿的《失乐园》。

中国诗在荒瘦的土壤中居然现出奇葩异彩，固然是一种可惊喜的成绩，但是比较西方诗，终嫌美中有不足。我爱中国诗，我觉得在神韵微妙、格调高雅方面往往非西诗所能及，但是说到深广伟大，我终无法为它护短。

就民族性说，中国人颇类似古罗马人，处处都脚踏实地走，偏重实际而不务玄想，所以就哲学说，伦理的信条最发达，而有系统的玄学则寂然无闻；就文学说，关于人事及社会问题的作品最发达，而凭虚结构的作品则寥若晨星。

中国民族性是"实用的""人道的"。它的长处在此，它的短处也在此。它的长处在此，因为以人为本位说，人与人的关系最重要，中国儒家思想偏重人事，涣散的社会居然能享到二千余年的稳定，未始不是它的功劳。它的短处也在此，因为它过重人本主义和现世主义，不能向较高远的地方发空想，所以不能向高远处有所企求。社会既稳定之后，始则不能前进，继则因其不能前进而失其固有的稳定。

我说中国哲学思想平易，也未尝忘记老庄一派的哲学。但是老庄比较儒家固较玄邃，比较西方哲学家，仍是偏重人事。他们很少离开人事而穷究思想的本质和宇宙的来源。他们对于中国诗的影响虽很大，但是因为两层原因，这种影响不完全是可满意的。

第一，在哲学上有方法和系统的分析易传授，而主观的妙悟不易传授。老庄哲学都全凭主观的妙悟，未尝如西方哲学家用明了有系统的分析为浅人说法，所以他们的思想传给后人的只是糟粕。老学流为道家言，中国诗与其说是受老庄的影响，不如说是受道家的影响。

第二，老庄哲学尚虚无而轻视努力，但是无论是诗或是哲学，如果没有西方人所重视的"坚持的努力"（sustained effort）都不能鞭辟入里。老庄两人自己所造虽深而承其教者却有安于浅的倾向。

我们只要把受老庄影响的诗研究一番，就可以见出这个道理。中国诗人大半是儒家出身，陶潜和杜甫是著例。但是有四位大诗人受老庄的影响最深，替儒教化的中国诗特辟一种异境。这就是《离骚》

《远游》中的屈原（假定作者是屈原），《咏怀诗》中的阮籍，《游仙诗》中的郭璞，以及《日出入行》《古有所思》和《古风》五十九首中的李白。我们可以把他们统称为"游仙派诗人"。他们所表现的思想如何呢？

屈原说：

> 惟天地之无穷兮，哀人生之长勤。往者余弗及兮，来者吾不闻……漠虚静以恬愉兮，澹无为而自得。闻赤松之清尘兮，愿承风乎遗则。
>
> ——《远游》

阮籍在《咏怀诗》里说：

> 去者余不及，来者吾不留。愿登太华山，上与松子游。

郭璞在《游仙诗》里说：

> 时变感人思，已秋复愿夏。淮海变微禽，吾生独不化！虽欲腾丹谿，云螭非我驾。

李白在《古风》里说：

> 黄河走东溟，白日落西海。逝川与流光，飘忽不相

待……吾当乘云螭，吸景驻光彩。

　　这几节诗所表现的态度是一致的，都是想由厌世主义走到超世主义。他们厌世的原因都不外看待世相的无常和人寿的短促。他们超世的方法都是揣摩道家炼丹延年、驾鹤升仙的传说。但是这只是一种想望，他们都没有实现仙境，没有享受到他们所想望的极乐。所以屈原说：

高阳邈以远兮，余将焉所程？

阮籍说：

采药无旋返，神仙志不符。逼此良可感，令我久踌躇。

郭璞说：

虽欲腾丹谿，云螭非我驾。

李白说：

我思仙人，乃在碧海之东隅。海寒多天风，白波连山倒蓬壶。长鲸喷涌不可涉，抚心茫茫泪如珠。

他们都是不满意于现世而有所渴求于另一世界。这种渴求颇类西方的宗教情操，照理应该能产生一个很华严灿烂的理想世界来，但是他们的理想都终于"流产"。他们对于现世的悲苦虽然都看得极清楚，而对于另一世界的想象却很模糊。

他们的仙境有时在"碧云里"，有时在"碧海之东隅"，有时又在西王母所住的瑶池，据李白的计算，它"去天三百里"。仙境有"上皇"，服侍他的有吹笙的玉童和持芙蓉的灵妃。王乔、安期生、赤松子诸人是仙界的"使徒"。仙境也很珍贵人世所珍贵的繁华，只看"玉杯赐琼浆"，"但见金银台"，就可以想象仙人的阔绰。

仙人也不忘情于云山林泉的美景，所以"青溪千余仞""云生梁栋间""翡翠戏兰苔"都值得流连玩赏。仙人最大的幸福是长寿，郭璞说"千岁方婴孩"，还是太短，李白的仙人却"一餐历万岁"。仙人都有极大的本领，能"囊括大块""吸景驻光彩""挥手折若木""拂此西日光"。升仙的方法是乘云驾鹤，但有时要采药炼丹，向"真人""长跪问宝诀"。

这种仙界的意象都从老庄虚无主义出发，兼采道家高举遗世的思想。他们不知道后世道家虽托老学以自重，而道家思想和老子哲学实有根本不能相容处。

老子以为"人之大患在于有身"，所以持"无欲以观其妙"为处世金针，而道家却拼命求长寿，不能忘怀于琼楼玉宇和玉杯灵液的繁华。超世而不能超欲，这是游仙派诗人的矛盾。

他们的矛盾还不仅此，他们表面虽想望超世，而骨子里却仍带有很浓厚的儒家淑世主义的色彩，他们到底还没有丢开中华民族所特具的人道。屈原、阮籍、李白诸人都本有济世忧民的大抱负。阮籍号称猖狂，而在《咏怀诗》中仍有"生命几何时，慷慨各努力"的劝告。李白在《古风》里言志，也说"我志在删述，垂辉暎千春"。

他们本来都有淑世的志愿，看到世事的艰难和人寿的短促，于是逃到老庄的虚无清静主义，学道家作高举遗世的企图。他们所想望的仙境又渺不可追，"虽欲腾丹豀，云螭非我驾"，仍不免"抚心茫茫泪如珠"，于是又回到人境，尽量求一时的欢乐而寄情于醇酒妇人。"欲远集而无所止兮，聊浮游以逍遥"，在屈原为愤慨之谈，在阮籍和李白便成了涉世的策略。

这一派诗人都有日暮途穷无可奈何的痛苦。从淑世到厌世，因厌世而求超世，超世不可能，于是又落到玩世，而玩世亦终不能无忧苦。他们一生都在这种矛盾和冲突中徘徊。

真正大诗人必从这种矛盾和冲突中徘徊过来，但是也必能战胜这种矛盾和冲突而得到安顿。但丁、莎士比亚和歌德都未尝没有徘徊过，他们所以超过阮籍、李白一派诗人者就在他们得到最后的安顿，而阮李诸人则终止于徘徊。

中国游仙派诗人何以止于徘徊呢？这要归咎于我们在上文所说过的哲学思想的平易和宗教情操的淡薄。

哲学思想平易，所以无法在冲突中寻出调和，不能造成一个可以寄托心灵的理想世界。宗教情操淡薄，所以缺乏"坚持的努力"，苟安于现世而无心在理想世界求寄托，求安慰。

屈原、阮籍、李白诸人在中国诗人中是比较能抬头向高远处张望的，他们都曾经向中国诗人所不常去的境界去探险，但是民族性的累太重，他们刚飞到半天空就落下地。所以在西方诗人心中的另一世界的渴求能产生《天堂》《失乐园》《浮士德》诸杰作，而在中国诗人心中的另一世界的渴求只能产生《远游》《咏怀诗》《游仙诗》和《古风》一些简单零碎的短诗。

老庄和道家学说之外，佛学对于中国诗的影响也很深。可惜这种影响未曾有人仔细研究过。

我们首先应注意的一点就是：受佛教影响的中国诗大半只有"禅趣"而无"佛理"。"佛理"是真正的佛家哲学，"禅趣"是和尚们静坐山寺参悟佛理的趣味。

佛教从汉朝传入中国，到魏晋以后才见诸吟咏，孙绰《游天台山赋》是其滥觞。晋人中以天分论，陶潜最宜于学佛，所以远公竭力想结交他，邀他入"白莲社"，他以许饮酒为条件，后来又"攒眉而去"，似乎有不屑于佛的神气。但是他听到远公的议论，告诉人说它"令人颇发深省"。当时佛学已盛行，陶潜在无意之中不免受几分影响。他的《与子俨等疏》中：

> 少学琴书，偶爱闲静，开卷有得，便欣然忘食。见树木交荫，时鸟变声，亦复欢然有喜。常言五六月中，北窗下卧。遇凉风暂至，自谓是羲皇上人。

一段是参透禅机的话。他的诗描写这种境的也极多。

陶潜以后，中国诗人受佛教影响最深而成就最大的要推谢灵运、王维和苏轼三人。他们的诗专说佛理的极少，但处处都流露一种禅趣。我们细玩他们的全集，才可以得到这么一个总印象。如摘句为例，则谢灵运的"白云抱幽石，绿筿媚清涟"，"虚馆绝净讼，空庭来鸟鹊"，王维的"兴阑啼鸟换，坐久落花多"，"倚杖柴门外，临风听暮蝉"，和苏轼的"舟行无人岸自移，我卧读书牛不知"，"敲门都不应，倚杖听江声"诸句的境界都是我所谓"禅趣"。

他们所以有"禅趣"而无"佛理"者固然由于诗本来不宜说理，同时也由于他们所羡慕的不是佛教而是佛教徒。

晋以后中国诗人大半都有"方外交"，谢灵运有远公，王维有瑗公和操禅师，苏轼有佛印。他们很羡慕这班高僧的言论风采，常偷"浮生半日闲"到寺里去领略"参禅"的滋味，或是同禅师交换几句趣语。诗境与禅境本来相通，所以诗人和禅师常能默然相契。

中国诗人对于自然的嗜好比西方诗要早一千几百年，究其原因，也和佛教有关系。魏晋的僧侣已有择山水胜境筑寺观的风气，最早见到自然美的是僧侣（中国僧侣对于自然的嗜好或受印度僧侣的影响，印度古婆罗门教徒便有隐居山水胜境的风气，《沙恭达那》剧可以为证）。僧侣首先见到自然美，诗人则从他们的"方外交"学得这种新趣味。"禅趣"中最大的成分便是静中所得于自然的妙悟，中国诗人所得力于佛教者就在此一点。但是他们虽有意"参禅"，却无心"证佛"，要在佛理中求消遣，并不要信奉佛教求彻底了悟，彻底解脱，入山参禅，出山仍然做他们的官，吃他们的酒肉，眷恋他们的妻子。本来佛教的妙义在"不立文字，见性成佛"，诗歌到底仍不免是一种尘障。

佛教只扩大了中国诗的情趣的根底，并没有扩大它的哲理的根底。中国诗的哲理的根底始终不外儒、道两家。佛学为外来哲学，所以能合中国诗人口味者正因其与道家言在表面上有若干类似。晋以后一般人尝把释道并为一事，以为升仙就是成佛。

孙绰的《游天台山赋》和李白的《赠僧崖公诗》都以为佛老原来可以相通，韩愈辟"异端邪说"，也把佛老并为一说。老子虽尚虚无而却未明言寂灭。他是一个彻底的个人主义者，《道德经》中大部分是老于世故者的经验之谈，所以后来流为申韩刑名法律的学问，佛则以普济众生为旨。老子主张人类回到原始时代的愚昧，佛教人明心见性，衡以老子的"绝圣弃知"的主旨，则佛亦当在绝弃之列。从此可知老与佛根本不能相容。晋唐人合佛于老，也犹如他们合道于老一样，绝对没有想到这种凑合的矛盾。尤其奇怪的是儒家诗人也往往同时信佛。白居易和元稹本来都是彻底的儒者，而白有"吾学空门非学仙，归则应归兜率天"的话，元在《遣病》诗里也说"况我早师佛，屋宅此身形"。

中国人原来有"好信教不求甚解"的习惯，这种妥协的精神本也有它的优点，但是与深邃的哲理和有宗教性的热烈的企求都不相容。中国诗达到幽美的境界而没有达到伟大的境界，也正由于此。

第四讲

诗之表现——情感思想与语言文字的关系

意境为情趣意象的契合融贯，但是只有意境仍不能成为诗，诗必须将蕴蓄于心中的意境传达于语言文字，使一般人可以听到看到懂得。这个传达过程引起了"表现""实质与形式""情感思想与语言文字的关系"一些难问题。这些问题都是老问题，从亚里士多德一直到现在，许多思想家都费过许多心血想解决它们，但仍然是纠缠不清，可见得它们并不像一般人所想象的那么容易。

对于任何问题作精密思考，第一桩要事是正名定义，做浅近而却基本的分析工作。文艺方面许多无谓的争执和误解都起于名不正，义不定，条理没有分析清楚，以至于各方争辩所指的要点不能接头，思想就因而不能缜密中肯。本篇所以不惮烦琐，从浅近而基本的分析入手。

一、"表现"一词意义的暧昧

诗人和其他艺术家的本领都在见得到，说得出。一般人把见得到的叫作"实质"或"内容"，把说出来的叫作"形式"。换句话说，实质是语言所表现的情感和思想，形式是情感和思想借以流露的语言组织。艺术的功能据说是赋予形式于内容。

依这样看，实质在先，形式在后；情感思想在内，语言在外。我们心里先有一种已经成就的情感和思想（实质），本没有语言而后再用语言把它翻译出来，使它具有形式。这种翻译的活动通常叫作"表现"（expression）。

所谓表现就是把在内的"现"出"表"面来，成为形状可以使人看见。被表现者是情感思想，是实质，表现者是语言，是形式，这是流行语言习惯对于"表现"的定义。它对于情感思想和语言指出三种关系：一、被动与主动的关系，二、内外的关系，三、先后的关系。

美学家克罗齐把流行语言所指的"表现"叫作"外达"（l'estrinsecayione），近于托尔斯泰、阿贝克朗比（Abercrombie）和理查兹（Richards）诸人所说的"传达"（communication）。依他看，就艺术本身的完成说，传达并非绝对必要，必要的是在心里直觉到一个情感饱和的意象。

情感与意象猝然相遇而诉合无间，这种遇合就是直觉，就是表现，也就是艺术。创造如此，欣赏也是如此。所以"表现"变成情感与意象中间的关系。在心中直觉到一个完整的意象恰能涵蕴一种情感时，情感便已"表现"于意象。被表现者是情感，表现者是意象。情感意象未经心灵综合（即直觉）融贯为一体以前，只有零乱浑朴的实质，既经心灵综合融贯为一体，即具有形式。形式是直觉所产生的。既直觉成为艺术，实质与形式便不可分开；艺术之所以为艺术，即在实质与形式之不可分开。

依这一个看法，表现即直觉，是在一瞬间在心中形成的，内容形式不可分的；内外的分别自不能成立，即先与后，主动与被动的分别也不甚重要了。至于把心里所直觉成的艺术用符号记载下来，目的是在传达给旁人看，或是留为自己后来看。这种目的是实用的，而不是艺术的，所以传达与艺术无关，传达出来的也只是"物理的事实"，不能算是艺术。

此外在康德以来的形式派美学中，"表现"还另有一个僻狭的意义。形式派美学家通常把艺术分为"表意的"（representative）和"形式的"（formal）两个成分。

表意的成分是诉诸理解的，可引起联想的，有意义可求的，如图画中的人物和故事以及诗中的意义。形式的成分是直接近诸感官的，不假思索而一目了然的，如图画的形色分配以及诗中的声音节奏。

"表意的成分"有时被形式派美学家称为"表现"，看成与"美"（beauty）对立，"美"完全见于"形式的成分"。艺术的特质据说是美，所以近代艺术在实施上和在理论上都倾向于抹杀"表意的成分"而尽量发展"形式的成分"。图画中"后期印象"运动以及诗中"纯诗"运动都是要用形色或声音直接撼动感官，把意义放在其次。

形式派美学家有时也沿用流行语言所给的"表现"的意义，比如说"纯粹的形式不表现任何意义"。这么一来，"表现"这个名词弄得非常暧昧。如沿用"表现"的流行意义来说明形式派的"表现"观，则艺术的实质是情感和思想（即"表意的成分"），形式是形色声音等等媒介的配合，"表现"就是用形色声音等等去传达情感和思想。

拿诗为例来说，形式派的看法与流行的看法的分别是这样：依流行的看法，诗以语言（兼含音与义）表现情感和思想；依形式派和纯诗运动者的看法，诗以语言中一个成分——声音——表现情感和思想。

本文用意不在批评诸家的表现说，而在建设一种自己的理论。形式派的"表现"意义不但太僻狭，而且与本文的理论没有多大关系，姑且丢开不说。克罗齐的"表现"说到后来还要提到。为便利说明起见，我们先从批评"表现"的流行意义入手。

二、情感思想和语言的连贯性

在"表现"的许多意义之中，流行语言习惯所用的最占势力。这就是：情感思想（包含意象在内）合为实质，语言组织为形式，表现是用在外在后的语言去翻译在内在先的情感和思想。这是多数论诗者共同采纳的意见。我们以为它不精确，现在来说明理由。

我们先要明白情感思想和语言的关系。心感于物（刺激）而动（反应）。情感思想和语言都是这"动"的片面。"动"蔓延于脑及神经系统而生意识，意识流动便是通常所谓"思想"。"动"蔓延于全体筋肉和内脏，引起呼吸、循环、分泌运动各器官的生理变化，于是有"情感"。"动"蔓延于喉、舌、齿诸发音器官，于是有"语言"。这是一个应付环境变化的完整反应。心理学家为便利说明起见，才把它分析开来，说某者为情感，某者为思想，某者为语言。其实这三种活动是互相连贯的，不能彼此独立的。

我们先研究思想和语言的连贯性。一般人以为思想全是脑的活动，"思想"与"用脑"几成为同义词。其实这是不精确的，在运用思想时，我们不仅用脑，全部神经系统和全体器官都在活动。

我们常问人："你在想什么？"他没有说而我们知道他在想，就因为他的目光、颜面筋肉以及全体姿态都现出一种特殊的样子。据说亚里士多德运用思想时要徘徊行走，所以他的哲学派别有"行思派"（Peripatetician）的称呼。从前私塾学童背书，常左右摇摆走动，如果猛然叫他站住，他就背诵不出来。如果咬住舌头，阻止发音器官活动，而同时去背诵一段诗文，也觉很难。摇头摆脑抖腿是从前中国文人作文运思时所常有的习惯，这些实例都可证明思想不仅用脑，全体各器官都在动作。本来有机体的特征是部分与全体密切相关，部分动作，全体即必受影响。

在这些器官活动之中，语言器官活动对于思想尤为重要。小孩子们心里想到什么，口里就同时说出来。有些人在街上走路自言自语，其实他们是在思想。诗人作诗，常一边想，一边吟诵。有些人看书，口里不念就看不下去。依美国行为派心理学家的研究，一般人在思想时，喉舌及其他语言器官都多少在活动。比如想到树，口里常不知不觉地念"树"字，纵然不必高声念出来，喉舌各器官也必微作念"树"字的动作。来希列（K. S. Lashley）的实验可以为证。

他叫受验者先低声背诵一句，用薰烟鼓把喉舌运动痕迹记载下来，然后再叫他默想同一句话的意义而不发声，也用薰烟鼓把喉舌运动痕迹记载下来。这两次薰烟纸上所记载的痕迹虽一较明显，一较模糊，而起伏曲折的波纹却大致平行类似，从此可知思想是无声的语言，语言也就是有声的思想。

思想和语言原来是平行一致的，所以在文化进展中，思想愈发达，语言也愈丰富，未开化的民族以及未受教育的民众不但思想粗疏幼稚，语言也极简单。文化日益增高，可以说是字典的日益扩大。各民族的思想习惯的差别在语言习惯的差别上也可以见出。中国思想与语言都偏于综合，西方思想与语言都偏于分析。

思想和语言既是同时进展，平行一致，不能分离独立，它们的关系就不是先后内外的关系，也不是实质与形式的关系了。思想有它的实质，就是意义，也有它的形式，就是逻辑的条理组织。同理，语言的实质是它与思想共有的意义，它的形式是与逻辑相当的文法组织。换句话说，思想语言是一贯的活动，其中有一方面是实质，这实质并非离开语言的思想而是它们所共有的意义，也有一方面是形式，这形式也并非离开思想的语言，而是逻辑与文法（包含诗的音律在内）。

如果说"语言表现思想"，就不能指把在先在内的实质翻译为在后在外的形式，它的意思只能像说"缩写字表现整个字"，是以部分代表全体。说"思想表现于语言"，意思只能像说"肺病表现于咳嗽吐血"，是病根见于征候。分析到究竟，"表现"一词当作它动词看，意义只能为"代表"（represent）；当作自动词看，意义只能为"出现"（appear）；当作名词看，意义很近于"征候"（symptom）。

如果我们分析情感与语言的关系，也可以得到同样的结论。本能倾向受感动时，神经的流传播于各器官，引起各种生理变化和心理反响，于是有情感。

就有形迹可求者说，传播于颜面者为哭为笑，为皱眉、红脸等；传播于各肢体者为震颤、舞蹈、兴奋、颓唐等；传播于内脏者为呼吸、循环、消化、分泌的变化；传播于喉舌齿唇者为语言。这些变化，连语言在内，都属于达尔文所说的"情感的表现"。

在情感伴着语言时（情感有不伴着语言的，正犹如有不伴着面红耳赤的），语言和哭笑、震颤、舞跳等生理变化都是平行一贯的。语言也只是情感发动时许多生理变化中的一种。我们通常说"语言"，是专指喉舌齿唇的活动，其实严格地说，情感所伴着的其他许多生理变化也还是广义的语言，比如鸡鸣犬吠，可以说是应用语言，也可以说是流露情感。但是鸡犬的情感除鸣吠以外，还流露于种种其他生理变化，如摇头摆尾之类，这些也未尝不可和鸣吠同看成语言。

情感和语言的密切关系在腔调上最易见出。比如说"来"，在战场上向敌人挑战说的"来"，和呼唤亲爱者说的"来"，字虽一样，腔调绝不相同。这种腔调上的差别是属于情感呢？还是属于语言呢？它是同时属于情感和语言的。

离开腔调以及和它同类的生理变化，情感就失去它的强度，语言也就失去它的生命。我们不也常常说腔调很能"传神"或"富于表现性"（expressive）吗？它"表现"什么呢？不消说，它表现情感。但是它也是情感的一个成分，说它表现情感，只是说从部分见全体，从征候见病症，或是从缩写字见全体字。

腔调同时是附属于语言的，语言对于情感的关系也正如腔调对于情感的关系，不过广狭稍有差别而已。伴着情感的语言必同时伴着腔调，只是情感的许多"征候"的一种。说"语言表现情感"也正如说"语言表现思想"，并非把在先在内的实质翻译为在后在外的形式，只是以部分代表全体。

总之，思想情感与语言是一个完整连贯的心理反应中的三方面。心里想，口里说；心里感动，口里说；都是平行一致。我们天天发语言，不是天天在翻译。我们发语言，因为我们运用思想，发生情感，是一件极自然的事，并无须经过从甲阶段转到乙阶段的麻烦。

我们根本否认情感思想和语言的关系是实质和形式的关系，实质和形式所连带的种种纠纷问题也就因而不成其为问题了。宇宙间任何事物都各有它的实质和形式，但是都像身体（实质）之于状貌（形式），分不开来的。无体不成形，无形不成体，把形体分开来说，是解剖尸骸，而艺术是有生命的东西。

我们把情感思想和语言的关系看成全体和部分关系，这一点须特别着重。全体大于部分，所以情感思想与语言虽平行一致，而范围大小却不能完全叠合。凡语言都必伴有情感或思想（我们说"或"因为诗的语言和哲学科学的语言多有所侧重），但是情感思想之一部分有不伴着语言的可能。感官所接触的形、色、声、嗅、味、触等感觉，可以成为种种意象，做思想的材料，而不仅有语言可定名或形容。

情感中有许多细微的曲折起伏，虽可以隐约地察觉到而不可直接用语言描写。这些语言所不达而意识所可达的意象思致和情调永远是无法可以全盘直接地说出来的，好在艺术创造也无须把凡所察觉到的全盘直接地说出来。诗的特殊功能就在以部分暗示全体，以片段情境唤起整个情境的意象和情趣。诗的好坏也就看它能否实现这个特殊功能。以极经济的语言唤起极丰富的意象和情趣就是"含蓄""意在言外"和"情溢乎词"。严格地说，凡是艺术的表现（连诗在内）都是"象征"（symbolism），凡是艺术的象征都不是代替或翻译而是暗示（suggestion），凡是艺术的暗示都是以有限寓无限。

三、我们的表现说和克罗齐表现说的差别

我们的表现说着重情感思想和语言的连贯性以及实质和形式的完整性，在表面上颇似克罗齐的"直觉即表现"说而实有分别。现在来说明这个分别所在，同时把我们的主张说得更明白一点。

克罗齐的学说有一部分是真理，也有一部分是过甚其词，应该分开来说。

各种艺术就其为艺术而言，有一个共同的要素，这就是情趣饱和的意象；有一种共同的心理活动，这就是见到（用克罗齐的术语来说，"直觉到"）一个意象恰好能表现一种情趣。这种艺术的单整性（unity）以及实质形式的不可分离，克罗齐看得最清楚，说得最斩截有力量。就大体说，这部分学说的价值是不可磨灭的。他的毛病，像一般唯心派哲学家的毛病一样，在把杂多事例归原到单一原理之后，不能再由单一原理演出杂多事例。他过分地着重艺术的单整性而武断地否认艺术可分类。

这么一来，心里直觉到一种情趣饱和的意象，便算是已完成一件

艺术作品，它可以是诗，可以是画，可以是任何其他艺术。这是"太极未分"的"直觉"阶段。艺术到了这阶段就算到了止关。至于取媒介符号把心里所直觉成的艺术作品记载下来，留一个可以展览或备忘的痕迹，使艺术成为叫作"诗""画""音乐"或其他名称的作品，这是"两仪始判"的"传达"阶段。这个阶段的存在起于意志欲望及实用目的，就不能算是艺术的。在传达阶段，艺术才有分类的可能，但亦不是逻辑的必要。

一般批评克罗齐者都不满意于他否认"传达"有艺术性，至于"表现"与"传达"分成两个截然不同的阶段，大家似都默认。其实他的学说的致命伤就在这一点。艺术创造绝不能离开传达媒介。在克罗齐的美学中，"传达"无关于艺术创造（即直觉或表现），于是传达媒介，如形色之于图画，语言文字之于诗，声音之于音乐等，就根本变成非艺术的"物理的事实"。他虽未明言诗可不用语言文字，图画可不用形色，音乐可不用声音，却亦未明言就其为艺术而论，诗与语言文字，图画与形色，音乐与声音，总而言之一切艺术与其传达媒介，有何重要关系。

他说，"表现没有凭借（means），因为它没有指归（end）"。所谓"凭借"似指媒介，所谓"指归"就是实用目的。这个结论固然像有很谨严的逻辑性，但是不能符合事实。每个艺术家都可以告诉克罗齐：诗所表现的不能恰是画或其他艺术所能表现的。这种分别就起于传达媒介。

每个艺术家都要用他的特殊媒介去想象，诗人在酝酿诗思时，就要把情趣意象和语言打成一片，正犹如画家在酝酿画稿时，就要把情趣意象和形色打成一片。这就是说，"表现"（即直觉）和"传达"并非先后悬隔漠不相关的两个阶段，"表现"中已含有一部分"传达"，因为它已经使用"传达"所用的媒介。

单就诗说，诗在想象阶段就不能离开语言，而语言就是人与人互相传达思想情感的媒介，所以诗不仅是表现，同时也是传达。这传达和表现一样是在心里成就的，所以仍是创造的一部分，仍含有艺术性。至于把这种"表现"和"传达"所形成的"创作"用文字或其他符号写下来，只是"记载"（record）。记载诚如克罗齐所说的，无创造性，不是艺术的活动。克罗齐所说的"外达"只有两个可能的意义。如果它只是"记载"，从表现（直觉）到记载便不经过有创造性的"传达"，便由直觉到的情趣意象而直抵文字符号，而语言便无从产生，这是不可思议的。如果它只有创造性的"传达"加上记载，则他就不应否认它的艺术性。克罗齐对于此点始终没有分析清楚。

总之，克罗齐的表现说在谨严的逻辑烟幕之下，隐藏着许多疏忽与混淆。我们的表现说和它比较，至少有三个重要的异点：

（一）他没有认清传达媒介在艺术想象中的重要，我们把语言和情趣、意象打成一片。在他的学说中语言没有着落，依我们它就有着落。

（二）他把"表现"（直觉）和"传达"看成截然悬隔的两个阶段，二者之中没有沟通衔接的桥梁；我们认为"表现"阶段便已含一部分"传达"，传达媒介是沟通两阶段的桥梁，这在诗中就是语言。

（三）他没有分清有创造性的"传达"（语言的生展）和无创造性的"记载"（以文字符号记录语言），而我们把这两件事分得很清楚。

"传达"在他的学说中不是艺术的活动，在我们的学说中是很重要的艺术活动。

我们的表现说与流行说及克罗齐说的分别，如果用方程式表示，分别便一目了然。流行的表现说如下式：

$$\text{艺术创作}\begin{cases}\text{第一阶段：情感}+\text{意象}=\text{想象}=\text{艺术的酝酿}\\\text{第二阶段：想象}+\text{语言文字}=\text{表现}=\text{传达}=\\\text{翻译}=\text{艺术的完成}\end{cases}$$

克罗齐的表现说可列为下式：

$$\text{艺术创作}\begin{cases}\text{第一阶段：情感}+\text{意象}=\text{直觉}=\text{表现}=\text{创}\\\text{造}=\text{艺术活动}\\\text{第二阶段：直觉}+\text{语言文字}=\text{外达}=\text{物理的}\\\text{事实}\neq\text{艺术活动}\end{cases}$$

我们的表现说则为下式：

$$\text{艺术创造}\begin{cases}\text{第一阶段：情感}+\text{意象}+\text{语言}=\text{表现（传达}\\=\text{艺术活动）}\\\text{第二阶段：艺术}+\text{文字符号}=\text{记载}\neq\text{艺术}\\\text{活动}\end{cases}$$

式中"＝"为等号，"＋"为加号，"≠"为不等号，至于"（）"则借用符号名学中的"内涵"号。我们的学说的特点在把传达媒介看成表现所必用的工具，语言和情趣意象是同时生展的。我们的学说能否成立，就要看这个基本主张能否成立。它与常识颇有不少的冲突，下文取答难式，将可想象到的疑难详细剖析，同时把本文的意思说得更明白一点。

四、普通的误解起于文字

一般人对于传统常有牢不可破的迷信。一句话经过几千年人所公认，我们就觉得它总有几分道理。比如"意内言外"，"意在言先"，"情感思想是实质，语言是形式"，"表现是拿语言来传达已经成就的情感和思想"之类的话，都已经有很久远的历史，现在我们说它是误解，一般人会问："何以古今中外许多人都不谋而合地陷到这个误解中呢？"

这个问题很重要。许多人误解情感思想和语言的关系，就因为有一个第三者——文字——在中间搅扰。语言是思想和情感进行时，许多生理和心理的变化之一种，不过语言和其他生理和心理的变化有一个重要的差别，它们与情境同生同灭，语言则可以借文字留下痕迹来。文字可独立，一般人便以为语言也可以离开情感思想而独立。其实语言虽用文字记载，却不就是文字。

在进化阶段上，语言先起，文字后起。原始民族以及文盲都只有语言而无文字。文字是语言的"符号"（symbol），符号和所指的事物是两件事，彼此可以分离独立。比如"饭桶"两个字音可以用"饭桶"两个汉字代表，也可以用注音符号或罗马字代表。同时，这个符号也可以当作一个人的诨名。从此可知语言和文字的关系是人为的，习惯的，而不是自然的。

有人也许要问：除了惊叹语类和谐声语类之外，语言又何尝不是人意制定、习惯造就的呢？比如"饭桶"两个字音和它所指的实物也并无必然关系。这个实物在各国语言中各有各的名称，便是明证。写下来的符号模样是文字，未写以前口里说的和心里想的也还是文字。语言和文字未必有多大差别吧？

这番话大体不错，不过分析起来，也还有毛病。

口里说的声音或心里想的符号模样（字形），就其为独立的声音或符号模样而言，还是文字，还不能算是语言。我对于认不得的一句拉丁谚语仍旧可以发音，可以想象字形。它对于我是文字而不是语言。

语言是由情感和思想给予意义和生命的文字组织。离开情感和思想，它就失其意义和生命。所以语言所用的文字，就其为文字而言，虽是人意制定，习惯造就的，而语言本身则为自然的，创造的，随情感思想而起伏生灭的。

语言虽离不开文字，而文字却可离开语言，比如散在字典中的单字。语言的生命全在情感思想，通常散在字典中的单字都已失去它们在具体情境中所伴着的情感思想，所以没有生命。文字可以借语言而得生命，语言也可以因僵化为文字而失其生命。活文字都嵌在活语言里，死文字是从活语言所宰割下来的破碎残缺的肢体，字典好比一个陈列动植物标本的博物馆。

比如"闹"字在字典中是一个死文字，在"红杏枝头春意闹"一句活语言里就变成一个活文字了。再比如你的亲爱者叫作"春"，你呼唤"春"时所伴的情感思想在字典中就找不着。"春"字在你口头是活语言，在字典中只是死文字。

语言对于情感思想是"征候"，文字对于语言只是"记载"。语言可有记载，而情感思想通常无直接的记载。但是情感思想并非不能有直接的记载。

留声机蜡片上所留的痕迹，心理实验室中薰烟鼓上所留的痕迹，以及电气反应测验准上所指的度数，都是直接记载情感思想的。文字对于语言的关系其实还没有这些器具所记载的痕迹，对于情感思想之密切，因为同样语言可用不同的文字符号代替，而同样情感思想在上述各器具上所记载的痕迹是不能任意改动的。我们把这类痕迹和情感思想混为一事尚且不可，把文字和语言混为一事，于理更说不通了。

一般人误在把语言和文字混为一事，看见世间先有事物而后有文字称谓，便以为吾人也先有情感思想（事物）而后有语言；看见文字是可离情感思想而独立的，便以为语言也是如此。

照这样看法，在未有活人说活话之前，在未有诗文以前，世间就已有一部天生自在的字典。这部字典是一般人所谓"文字"，也就是他所谓语言。人在说话作诗文时，都是在这部字典里拣字来配合成词句，好比姑娘们在针线盒里拣各色丝线绣花一样。

这么一来，情感思想变成一项事，语言变成另一项事，两项事本无必然关系，可以随意凑拢在一起，也可以随意拆散开来了。世间就先有情感思想，而后用本无情感思想的语言来"表现"它们了，情感思想便变成实质，而语言配合的模样就变成形式了。

他们不知道，语言的实质就是情感思想的实质，语言的形式也就是情感思想的形式，情感思想和语言本是平行一致的，并无先后内外的关系。如果他们肯细心分析，就会知道这是很明白的道理。

五、"诗意""寻思"与修改

反对者问：我们读第一流作品时，常觉作者"先得我心"。他所说的话都是自己心里所想说而说不出的。我们也常有"诗意"，因为没有作诗的训练和技巧，有话说不出，所以不能作诗，这不是证明情感思想和语言是两件事么？

我们回答："诗意"根本就是一个极含糊的名词。克罗齐替自以为有"诗意"而不能作诗的人取了一个诨号："哑口诗人"。

其实真正诗人没有是哑口的，"诗意"是幻觉和虚荣心的产品。每人都有猜想自己是诗人的虚荣心，心里偶然有一阵模糊隐约的感触，便信任幻觉，以为那是十分精妙的诗意。

我们对于一件事物须认识清楚，才能断定它是甲还是乙。对于心里一阵感触，如果已经认识得很清楚，就自然有语言能形容它，或间接地暗示它；如果认识并不清楚，就没有理由断定它是"诗意"，犹如夜里看见一团阴影，没有理由断定它是鬼怪一样。

水到自然渠成，意到自然笔随。像"采菊东篱下，悠然见南山"，"敲门都不应，倚杖听江声"，"风乍起，吹皱一池春水"之类名句，有情感思想和语言的裂痕么？它们像是模糊隐约的情感思想变成明显固定的语言么？

反对者说：寥寥数例不能概括一切诗。有信手拈来的，也有苦心搜索的。在苦心搜索时，情感和意象先都很模糊隐约，似可捉摸又似不可捉摸。作者须聚精会神，再三思索推敲，才能使模糊隐约的变为明显固定的，不可捉摸的变为可捉摸的。凡有写作经验的人都得承认这话。

我们回答说，这话丝毫不错。思想本来是继续连贯地向前生展，是一种解决疑难、纠正错误的努力。它好比射箭，意在中的，但不中的也是常事。我们寻思，就是把模糊隐约的变为明显确定的，把潜意识和意识边缘的东西移到意识中心里去。这种手续有如照相调配距离，把模糊的、不合适的影子，逐渐变为明显的、合适的。

诗不能全是自然流露，就因为搜寻潜意识和意识边缘的工作有时是必要的；作诗也不能全恃直觉和灵感，就因为这种搜寻有时需要极专一的注意和极坚忍的意志。但是我们要明白：这种工作究竟是"寻思"，并非情感思想本已明显固定而语言仍模糊隐约，须在"寻思"之上再加"寻言"的工作。

再拿照相来打比喻，我们作诗文时，继续地在调配距离，要摄的影子是情感思想和语言相融会贯通的有机体。如果情感思想的距离调配合适了，语言的距离自然也就合适。我们并无须费照两次相的手续，先调配情感思想的距离而后再调配语言的距离。我们通常自以为在搜寻语言（调配语言的距离），其实同时还在努力使情感思想明显化和确定化（调配情感思想的距离）。

反对者说：我们作诗文时，常苦言不能达意，须几经修改，才能碰上恰当字句。"修改"的必要证明"寻思"和"寻言"是两回事。先"寻思"，后"寻言"，是普通的经验。

我们回答："修改"还是"寻思"问题的一个枝节。"修改"就是调配距离，但是所调配者不仅是语言，同时也还是意境。

比如韩愈定贾岛的"僧推月下门"为"僧敲月下门"，并不仅是语言的进步，同时也是意境的进步。"推"是一种意境，"敲"又是一种意境，并非先有"敲"的意境而想到"推"字，嫌"推"字不适合，然后再寻出"敲"字来改它。

就我自己的经验说，我作文常修改，每次修改，都发现在话没有说清楚时，原因都在思想混乱，把思想条理弄清楚了，话自然会清楚。寻思必同时是寻言，寻言亦必同时是寻思。

六、古文与白话

反对者说：你这番话似乎太偏重语言而看轻文字，以为语言是活的，文字是死的。你似乎主张作诗文必全用白话。从前有许多文学作品都不是用当时流行的语言，价值仍然不可磨灭。我们可以说，除了民歌以外（就是民歌是否全用当时的流行语言也还是疑问），大部分中国诗文都是用古文写的。如果依你的情感思想语言一致说，恐怕它们都不能符合你的标准吧？你似乎在盲目附和白话运动。

我们回答说：我们不敢当这个罪名。以文字的古今定文字的死活，是提倡白话者的偏见。散在字典中的文字，无论其为古为今，都是死的；嵌在有生命的谈话或诗文中的文字，无论其为古为今，都是活的。

我们已经说过，文字只是一种符号，它与情感思想的关联全是习惯造成的。你惯用现在流行的文字运思，可用它作诗文；你惯用古代文字运思，就用它来作诗文，也自无不可。

从前读书人朝朝暮暮都在古书里过活，古代文字对于他们并不比现代文字难，甚至于比现代文字还更便利，所以古代文字对于他们可以变成活语言。这正如我们学外国文到很纯熟的地步，有时觉得用外国文传达情感思想，反比用中文较方便。

不过这只是就作者说，如就读者说，用古代文字作诗文，对于未受古代文字训练的群众自然是一种不方便。这里我们又回到传达与社会影响的问题了。诗既以传达为要务，就不能不顾到群众了解的便利。

还有一层，即从作者的观点看，现代人有现代人的生活方式和特殊情思，现代语言是和这种生活方式和情思密切相关的，所以在承认古文仍可用时，我们主张作诗文仍以用流行语言为亲切。

本来文字古今的分别也只是比较的而不是绝对的。我们现在用的文字大部分还是许慎的《说文解字》里所有的，并且有许多字的用法，现代和二千年前也并没有多大分别。现在所有的字大半是古代已有的，不过古代已有的字有许多在现代已不流行。

古代文字有些能流传到现在，有些不能，原因一半在需要的变迁，一半也在习惯的变迁。习惯原可养成，所以一部分古字复活是语言发展史中所常见的自然现象，欧洲有许多诗人常爱用复活的古字。现代中国一般人说话所用的字汇实在太贫乏，除制造新字以外，让一部分古字复活也未始不是一种救济的办法。

现代人作诗文，不应该学周诰、殷盘那样佶屈聱牙，为的是传达的便利。不过提倡白话者所标出的"作诗如说话"的口号也有些危险。日常的情思多粗浅芜乱，不尽可以入诗，入诗的情思都须经过一番洗练，所以比日常的情思较为精妙有剪裁。

语言是情思的结晶，诗的语言亦应与日常语言有别。无论在哪一国，"说的语言"和"写的语言"都有很大的分别。说话时信口开河，思想和语言都比较粗疏；写诗文时有斟酌的余暇，思想和语言也都比较缜密。

散文应比说话精练，诗更应比散文精练。这所谓"精练"可在两方面见出，一在意境，一在语言。专就语言说，有两点可以注意：第一是文法，说话通常不必句句谨遵文法的纪律，作诗文时文法的讲究则比较谨严。其次是用字，说话所用的字在任何国都很有限，通常不过数千字，写诗文时则字典中的字大半可采用。没有人翻字典去说话，但是无论在哪一国，受过教育的人读诗文也不免都常翻字典，这简单的事实就可以证明"写的语言"比较"说的语言"丰富了。

"写的语言"比"说的语言"也比较守旧，因为说的是流动的，写的就成为固定的。"写的语言"常有不肯放弃陈规的倾向，这是一种毛病，也是一种方便。它是一种毛病，因为它容易僵硬化，失去语言的活性；它也是一种便利，因为它在流动变化中抓住一个固定的基础。在历史上有人看重这种毛病，也有人看重这种方便。看重这方便的人总想保持"写的语言"的特性，维持它和"说的语言"的距离。

在诗的方面，把这种态度推到极端的人主张诗有特殊的"诗的文字"（poetic diction）。这论调在欧洲假古典主义时代最占势力。另外一派人看重"写的语言"守旧的毛病，竭力拿"说的语言"来活化"写的语言"，使它们的距离尽量地缩短。这就是诗方面的"白话运动"。

中国诗现在还在"白话运动"期。欧洲文学史上也起过数次的白话运动。最重要的有两个：一个是中世纪行吟诗人和但丁（Dante）所提倡的，一个是浪漫运动期华兹华斯诸人所提倡的。但丁选定"土语"（the vulgar tongue）为诗，同时却主张丢去"土语"的土性，取各地"土语"放在一起"筛"过一遍，筛出最精纯的一部分来另造一种"精练的土语"（the illustrious vulgar）为作诗之用。我觉得这个主张值得深思。

总之，诗应该用"活的语言"，但是"活的语言"不一定就是"说的语言"，"写的语言"也还是活的。就大体说，诗所用的应该是"写的语言"而不是"说的语言"，因为写诗时情思比较精练。

第五讲

诗与散文

在表面上，诗与散文的分别似乎很容易认出，但是如果仔细推敲，寻常所认出的分别都不免因有例外而生问题。从亚里士多德起，这问题曾引起许多辩论。从历史的经验看，它是颇不易解决的。要了解诗与散文的分别，是无异于要给诗和散文下定义，说明诗是什么，散文是什么。这不是易事，但也不是研究诗学者所能逃免的。我们现在汇集几个重要的见解，加以讨论，看能否得到一个比较合理的看法。

一、音律与风格上的差异

中国旧有"有韵为诗，无韵为文"之说，近来我们发现外国诗大半无韵，就不能不把这句稍加变通，说"有音律的是诗，无音律的是散文"。这话专从形式着眼，实在经不起分析。

亚里士多德老早就说过，诗不必尽有音律，有音律的也不尽是诗。冬烘学究堆砌腐典滥调成五言八句，自己也说是在作诗。章回小说中常插入几句韵文，评论某个角色或某段情节，在前面也郑重标明"后有诗一首"的字样。一般人心目中的"诗"大半就是这么一回事。

但是我们要明白：诸葛亮也许穿过八卦衣，而穿八卦衣的不必就真是诸葛亮。如全凭空洞的形式，则《百家姓》《千字文》、医方脉诀以及冬烘学究的试帖诗之类可列于诗，而散文名著，如《史记》，柳子厚的山水杂记，《红楼梦》，柏拉图的《对话集》《新旧约》之类，虽无音律而有诗的风味的作品，反被摈于诗的范围以外。这种说法显然是不攻自破的。

另外一种说法是诗与散文在风格上应有分别。散文偏重叙事说理，它的风格应直截了当，明白晓畅，亲切自然；诗偏重抒情，它的风格无论是高华或平淡，都必维持诗所应有的尊严。

十七八世纪假古典派作者所以主张诗应有一种特殊语言，比散文所用的较高贵。莎士比亚在《麦克白》悲剧里叙麦克白夫人用刀弑君，约翰逊批评他不该用"刀"字，说刀是屠户用的，用来杀皇帝，而且用"刀"字在诗剧里都有损尊严。这句话虽可笑，实可代表一部分人的心理。

在一般人看，散文和诗中间应有一个界限，不可互越，散文像诗，如齐梁人作品，是一个大毛病；诗像散文，如韩昌黎及一部分宋人的作品，也非上乘。

这种议论也经不起推敲。像布封所说的，"风格即人格"，它并非空洞的形式。每件作品都有它的特殊实质和特殊的形式，它成为艺术品，就在它的实质与形式能融贯混化。上品诗和上品散文都可以做到这种境界。我们不能离开实质，凭空立论，说诗和散文在风格上不同。诗和散文的风格不同，也正犹如这首诗和那首诗的风格不同，所以风格不是区分诗和散文的好标准。

其次，我们也不能凭空立论，说诗在风格上高于散文。诗和散文各有妙境，诗固往往能产生散文所不能产生的风味，散文也往往可产生诗所不能产生的风味。例证甚多，我们姑举两类：

诗人引用散文典故入诗，风味常不如原来散文的微妙深刻。例如《世说新语》：

> 桓公北征，经金城，见前为琅琊时种柳皆已十围，慨然曰："木犹如此，人何以堪！"攀枝执条，泫然流涕。

这段散文，寥寥数语，写尽人物俱非的伤感，多么简单而又隽永！庾信在《枯树赋》里把它译为韵文说：

> 昔年种柳，依依汉南；今看摇落，凄怆江潭。桓大司马闻而叹曰："树犹如此，人何以堪！"

这段韵文改动《世说新语》字并不多，但是比起原文，一方面较纤巧些，一方面也较呆板些。原文的既直接而又缥缈摇曳的风致在

《枯树赋》的整齐合律的字句中就失去大半了。

此外如辛稼轩的《哨遍》一词总括《庄子·秋水》篇的大意，用语也大半集《庄子》：

> 有客问洪河，百川灌雨，泾流不辨涯涘。于是焉河伯欣然喜，以为天下之美尽在己。渺溟，望洋东视，逡巡向若惊叹，谓我非逢子。大方达观之家，未免长见，悠然笑耳。

剪裁配合得这样巧妙，固然独具匠心，但是它总不免令人起假山笼鸟之感，《庄子》原文的那副磅礴诙谐的气概也就在这巧妙里消失了。

其次，诗词的散文序有时胜于诗本身。例如《水仙操》的序和正文：

> 伯牙学琴于成连，三年而成，至于精神寂寞，情之专一，未能得也。成连曰："吾之学不能移人之情，吾师有方子春在东海中。"乃赍粮从之。至蓬莱山，留伯牙曰："吾将迎吾师。"刺船而去，旬日不返。伯牙心悲，延颈四望，但闻海水汩没，山林宵冥，群鸟悲号，仰天叹曰："先生将移我情！"乃援琴而作歌："繄洞庭兮流斯护，舟楫逝兮仙不还。移形素兮蓬莱山，钦伤宫兮仙不还。"

序文多么美妙！歌词所以伴乐，原不必以诗而妙，它的意义已不尽可解，但就可解者说，却比序差得远了。此外如陶潜的《桃花源诗》，王羲之的《兰亭诗》，以及姜白石的《扬州慢》词，虽然都很好，但风味隽永，似都较序文逊一筹。这些实例很可以证明诗的风格不必高于散文。

二、实质上的差异

形式既不足以区分诗与散文，然则实质何如呢？有许多人相信，诗有诗的题材，散文有散文的题材。就大体说，诗宜于抒情遣兴，散文宜于状物叙事说理。

摩越（J. M. Murry）在《风格论》里说："如果起源的经验是偏于情感的，我相信用诗或用散文来表现，一半取决于时机或风尚；但是如果情感特别深厚，特别切己，用诗来表现的动机是占优胜的。我不能想象莎士比亚的十四行诗集可以用散文来写。"

至于散文有特殊题材，他说得更透辟："对于任何问题的精确思考，必须用散文，音韵拘束对于它必不相容。""一段描写，无论是写一个国家，一个逃犯，或是房子里一切器具，如果要精细，一定要用散文。""风俗喜剧所表现的心情，须用散文。""散文是讽刺的最合适的工具。"征诸事实，这话也似很有证据。极好的言情的作品都要在诗里找，极好的叙事说理的作品都要在散文里找。

着重实质者并且进一步在心理上找诗与散文的差异，以为懂得散文大半凭理智，懂得诗大半凭情感。这两种懂是"知"（know）与

"感"（feel）的分别。可"知"者大半可以言喻，可"感"者大半须以意会。

比如陶潜的"采菊东篱下，悠然见南山"两句诗，就字句说，极其简单。如果问读者是否懂得，他们大半都说懂得。如果进一步问他们所懂得的是什么，他们的回答不外两种，不是干脆地诠释字义，用普通语言把它翻译出来，就是发挥言外之意。前者是"知"，是专讲字面的意义；后者有时是"感"，是体会字面后的情趣。就字义说，两句诗不致引起多大分歧，就情趣说，则仁者见仁，智者见智，就各各不同了。

散文求人能"知"，诗求人能"感"。"知"贵精确，作者说出一分，读者便须恰见到一分；"感"贵丰富，作者说出一分，读者须在这一分之外见出许多其他东西，所谓举一反三。

因此，文字的功用在诗中和在散文中也不相同。在散文中，它在"直述"（state），读者注重本义；在诗中它在"暗示"（suggest），读者注重联想。罗斯教授（J. L. Lowes）在《诗的成规与反抗》一书里就是这样主张的。

在大体上，这番话很有道理，但是事实上也有很多反证，我们不能说，诗与散文的分别就可以在情与理的分别上见出。散文只宜于说理的话是一种传统的偏见。

凡是真正的文学作品，无论是诗还是散文，里面都必有它的特殊情趣，许多小品文是抒情诗，这是大家公认的。再看近代小说，我们试想一想，哪一种可用诗表现的情趣在小说中不能表现呢？

我很相信上面所引的摩越的话，一个作家用诗或用散文来表现他的意境，大半取决于当时的风尚。荷马和莎士比亚如果生在现代，一定会写小说；陀思妥耶夫斯基、普鲁斯特、劳伦斯诸人如果生在古希腊或伊丽莎白时代，一定会写史诗或悲剧。

至于诗不能说理的话比较正确，不过我们也要明白，诗除情趣之外也都有几分理的成分，所不同者，它的情理融成一片，不易分开罢了。

我们能说希腊悲剧和莎士比亚悲剧里面没有"理"吗？但丁的《神曲》和歌德的《浮士德》里面没有"理"吗？陶潜的《形影神》以及朱熹的《感兴诗》之类作品里面没有"理"吗？

举一个很简单的例来说同样情理可表现于诗，亦可表现于散文。《论语》里"子在川上曰：'逝者如斯夫，不舍昼夜。'"一段是散文；李白的《古风》里"前水复后水，古今相续流。新人非旧人，年年桥上游"几句是诗。在这两个实例里，我们能说散文不能表现情趣或是诗不能说理吗？

摩越说诗不宜于描写，大概受莱辛（Lessing）的影响，他忘记许多自然风景的描写是用诗写的；他说诗不宜于讽刺和做风俗喜剧，他忘记欧洲以讽刺和风俗喜剧著名的作者如阿里斯托芬、纠文纳儿和莫里哀诸人大半采用诗的形式。从题材性质上区别诗与散文，并不绝对地可靠，于此可见。

三、否认诗与散文的分别

音律和风格的标准既不足以区分诗与散文，实质的差异也不足为凭，然则我们不就要根本否认诗与散文的分别么？有些人以为这是唯一的出路。依他们看，与诗相对待的不是散文而是科学，科学叙述事理，诗与散文，就其为文学而言，表现对于事理所生的情趣。

凡是具有纯文学价值的作品都是诗，无论它是否具有诗的形式。我们常说柏拉图的《对话集》《旧约》，六朝人的书信、柳子厚的山水杂记、明人的小品文、《红楼梦》之类散文作品是诗，就因为它们都是纯文学。亚里士多德论诗，就是用这种看法。他不把音律看作诗的要素，以为诗的特殊功用在"模仿"。他所谓"模仿"颇近于近代人所说的"创造"或"表现"。凡是有创造性的文字都是纯文学，凡是纯文学都是诗。雪莱说："诗与散文的分别是一个庸俗的错误。"克罗齐主张以"诗与非诗"（poetry and non-poetry）的分别来代替诗与散文的分别。所谓"诗"就包含一切纯文学，"非诗"就包含一切无文学价值的文字。

这种看法在理论上原有它的特见，不过就事实说，在纯文学范围之内，诗和散文仍有分别，我们不能否认。否认这分别就不是解决问题而是逃避问题。如果说宽一点，还不仅纯文学是诗，一切艺术都可以叫作诗。我们常说王维"诗中有画，画中有诗"。其实一切艺术到精妙处都必有诗的境界。我们甚至于说一个人，一件事，一种物态或是一片自然风景含有诗意。

"诗"字在古希腊文中的意义是"制作"。所以凡是制作或创造出来的东西都可以称为诗，无论是文学，是图画或是其他艺术。

克罗齐不但否认诗与散文的分别，而且把"诗""艺术"和"语言"都看作没有多大分别，因为它们都是抒情的，表现的。所以"诗学""美学"和"语言学"在他的学说中是一件东西。这种看法用意在着重艺术的整一性，它的毛病在太空泛，因过重综合而蔑视分析。

诗和诸艺术，诗和纯文学，都有共同的要素，这是我们承认的。但是我们也应该知道，它们在相同之中究竟有不同者在。比如王维的画、诗和散文尺牍虽然都同具一种特殊的风格，为他的个性的流露，但是在精妙处可见于诗者不必尽可见于画，也不必尽可见于散文尺牍。我们正要研究这不同点是什么。

四、诗为有音律的纯文学

我们在上文已经说明过，诗与散文的分别既不能单从形式（音律）上见出，也不能单从实质（情与理的差异）上见出。在理论上还有第三个可能性，就是诗与散文的分别要同时在实质与形式两方面见出。如果采取这个看法，我们可以下诗的定义说："诗是具有音律的纯文学。"这个定义把具有音律而无文学价值的陈腐作品，以及有文学价值而不具音律的散文作品，都一律排开，只收在形式和实质两方面都不愧为诗的作品。

这一说与我们在第四讲所主张的情感思想平行一致，实质形式不可分之说恰相吻合。

我们的问题是：何以在纯文学之中有一部分具有诗的形式呢？我们的答案是：诗的形式起于实质的自然需要。这个答案自然还假定诗有它的特殊的实质。如果我们进一步追问：诗的实质的特殊性何在？

何以它需要一种特殊形式（音律）？

我们可以回到上文单从实质着眼所丢开的情与理的分别，我们可以说，就大体论，散文的功用偏于叙事说理，诗的功用偏于抒情遣兴。事理直截了当，一往无余；情趣则低回往复，缠绵不尽。直截了当者宜偏重叙述语气，缠绵不尽者宜偏重惊叹语气。在叙述语中事尽于词，理尽于意；在惊叹语中语言是情感的缩写字，情溢于词，所以读者可因声音想到弦外之响。

换句话说，事理可以专从文字的意义上领会，情趣必从文字的声音上体验。诗的情趣是缠绵不尽，往而复返的，诗的音律也是如此。举一个实例来说，比如《诗经》中的四句诗：

昔我往矣，杨柳依依；今我来思，雨雪霏霏。

如果译为现代散文，则为：

从前我走的时候，杨柳还正在春风中摇曳；现在我回来，天已经在下大雪了。

原诗的意义虽大致还在，它的情致就不知去向了。义存而情不存，就因为译文没有保留住原文的音节。实质与形式本来平行一贯，译文不同原诗，不仅在形式，实质亦并不一致。比如"在春风中摇曳"译"依依"就很勉强，费词虽较多而含蓄却反较少。"摇曳"只是呆板的物理，"依依"却含有浓厚的人情。诗较散文难翻译，就因为诗偏重音而散文偏重义，义易译而音不易译，译即另是一回事。这个实例很可以证明诗与散文确有分别，诗的音律起于情感的自然需要。

这一说——诗为有音律的纯文学说——比其他各说都较稳妥，我个人从前也是这样主张，不过近来仔细分析事实，觉得它也只是大概不差，并没有谨严的逻辑性。有两个重要的事实值得我们注意。

第一，有和无是一个绝对的分别，就音律而论，诗和散文的分别也只是相对的而不是绝对的。先就诗说，诗必有固定的音律，是一个传统的信条。从前人对它向不怀疑，不过从自由诗、散文诗等新花样起来以后，我们对于它就有斟酌修改的必要了。

自由诗起来本很早，据说古希腊就有。近代法国诗人采用自由体的很多，从意象派诗人（imagistes）起来之后，自由诗才成为一个大规模的运动。它究竟是什么呢？

据法国音韵学者格拉芒（Grammant）说，法文自由诗有三大特征：一、法文诗最通行的亚历山大格，每行十二音，古典派分四顿，浪漫派分三顿，自由诗则可有三顿以至于六顿。二、法文诗通常用aabb式"平韵"，自由诗可杂用abab式"错韵"，abba式"抱韵"等等。三、自由诗每行不拘守亚历山大格的成规，一章诗里各行长短可以出入。照这样看，自由诗不过就原有规律而加以变化。

在中国诗中，王湘绮的《八代诗选》中的杂言就可以当作自由诗。近代象征的自由诗不合格拉芒的三条件的很多，它们有不用韵的。英文自由诗通常更自由。它的节奏好比风吹水面生浪，每阵风所生的浪自成一单位，相当于一章。风可久可暂，浪也有长有短，两行、三行、四行、五行都可以成章。

就每一章说，字行排列也根据波动节奏（cadence）的道理，一个节奏占一行，长短轻重无一定规律，可以随意变化。照这样看，它似毫无规律可言，但是它尚非散文，因为它究竟还是分章分行，章与章，行与行，仍有起伏呼应。它不像散文那样流水式地一泻直下，仍有低回往复的趋势。它还有一种内在的音律，不过不如普通诗那样整齐明显罢了。

散文诗又比自由诗降一等。它只是有诗意的小品文，或者说，用散文表现一种诗的境界，仍偶用诗所习用的辞藻腔调，不过音律就几乎完全不存在了。从此可知就音节论，诗可以由极谨严明显的规律，经过不甚显著的规律，以至于无规律了。

次就散文而论，它也并非绝对不能有音律的。诗早于散文，现在人用散文写的，古人多用诗写。散文是由诗解放出来的。在初期，散文的形式和诗相差不远。比如英国，从乔叟到莎士比亚，诗就已经很可观，散文却仍甚笨重，辞藻构造都还不脱诗的习惯。从十七世纪以后，英国才有流利、轻便的散文。中国散文的演化史也很类似。秦汉以前的散文常杂有音律在内。随便举几条例来看看：

> 今夫古乐，进旅退旅，和正以广，弦匏笙簧，会守拊鼓。始奏以文，复乱以武。治乱以相，讯疾以雅。君子于是语，于是道古，修身及家，平均天下。此古乐之发也。
>
> ——《礼记·乐记》

道冲而用之，或不盈。渊乎似万物之宗。挫其锐，解

其纷；和其光，同其尘，湛兮似若存。吾不知谁之子，象帝

之先。

——《老子》

吾有大树，人谓之樗。其大本臃肿而不中绳墨，其小

枝卷曲而不中规矩。立之途，匠者不顾。今子之言，大而无

用，众所同去也。

——《庄子·逍遥游》

这都是散文，但是都有音律。

中国文学中最特别的一种体裁是赋。它就是诗和散文界线上的

东西：流利奔放，一泻直下，似散文；于变化多端之中仍保持若干音

律，又似诗。隋唐以前大部分散文都没有脱诗赋的影响，有很明显地

用韵的，也有虽不用韵而仍保持赋的华丽的辞藻与整齐句法段落的。

唐朝古文运动实在是散文解放运动。以后流利轻便的散文逐渐占

优势，不过诗赋对于散文的影响到明清时期还未完全消灭，骈文四六

可以为证。现在白话文运动还在进行，我们不能预言中国散文将来是

否有一部分要回到杂用音律的路，不过想起欧战后起来的"多音散

文"（poly phonic prose），这并非不可能。弗莱契（Fletcher）说它的重

要"不亚于政治上的欧战，科学上镭的发明"，虽未免过甚其词，它

是一个值得注意的运动，却是无可讳言的。

据罗威尔（A. Lowell）女士说："多音散文应用诗所有的一切

声音，如音节、自由诗、双声、叠韵、回旋之类；它可应用一切节奏，有时并且用散文节奏，但是通常不把某一种节奏用到很长的时间。……韵可以摆在波动节奏的终点，可以彼此紧相衔接，也可以隔很长的距离遥相呼应。"换句话说，在多音散文里，极有规律的诗句、略有规律的自由诗句以及毫无规律的散文句都可以杂烩在一块。

我想这个花样在中国已"自古有之"，赋就可以说是最早的"多音散文"。看到欧美的"多音散文"运动，我们不能断定将来中国散文一定完全放弃音律，因为像"多音散文"的赋在中国有长久的历史，并且中国文字双声叠韵最多，容易走上"多音"的路。

总观以上所述事实，诗和散文在形式上的分别也是相对而不是绝对的。我们不能画两个不相交接的圆圈，把诗摆在有音律的圈子里，把散文摆在无音律的圈子里，使彼此壁垒森严，互不侵犯，诗可以由整齐音律到无音律，散文也可以由无音律到有音律。诗和散文两国度之中有一个很宽的叠合部分做界线，在这界线上有诗而近于散文，音律不甚明显的；也有散文而近于诗，略有音律可寻的。所以我们不能说"有音律的纯文学"是诗的精确的定义。

其次，这定义假定某种形式为某种实质的自然需要，也很有商酌的余地。我们先提出一个极浅近的事实，然后进一步讨论原理。先看李白的词：

箫声咽，秦娥梦断秦楼月。秦楼月，年年柳色，灞陵伤别。

乐游原上清秋节，咸阳古道音尘绝。音尘绝，西风残照，汉家陵阙。

再看周邦彦的词：

> 香馥馥，樽前有个人如玉。人如玉，翠翘金凤，内家装束。
>
> 娇羞爱把眉儿蹙，逢人只唱相思曲。相思曲，一声声
> 是：怨红愁绿。

两首词都是杰作。在情调上，它们绝不相同。李词悲壮，有英雄气；周词香艳，完全是儿女气，但是在形式上它们同是填《忆秦娥》的调子，都押入声韵，句内的平仄也没有重要的差别。

从此可知形式与实质并没有绝对的必然关系。无论在哪一国，固定的诗的形式都不很多，虽然所写的情趣意象尽管有无穷的变化。

法文诗大半用押韵的亚历山大格，英文诗最通行的形式也只有平韵五节格（heroic couplet）及无韵五节格（blank verse）两种。欧洲诗格谨严的莫如十四行体（sonnet），许多性质相差甚远的诗人都同用这格式去表现千差万别的意境。

中国正统的诗形式也不过四言、五古、七古、五律、七律、绝句几种。词调较多，据万氏《词律》、毛氏《填词名解》诸书所载也不过三百余种，常用者不及其半。诗人须用这有限的形式来范围千变万化的情趣和意象。如果形式与实质有绝对的必要关系，每首诗就必须自创一个格律，决不能因袭陈规了。

我们在讨论诗的起源时已经详细说明过，诗的形式大半为歌、乐、舞同源的遗痕。它是沿袭传统的，不是每个诗人根据他的某一时会的意境所特创的。诗不全是自然流露。就是民歌也有它的传统的技

巧，也很富于守旧性。它也填塞不必要的字句来凑数，用意义不恰当的字来趁韵，模仿以往的民歌的格式。这就是说，民歌的形式也还是现成的、外在的、沿袭传统的，不是自然流露的结果。

五、形式沿袭传统与情思语言一致说不冲突

这番话与上一讲情感思想语言平行一致说不互相冲突吗？表面上它们似不相容，但是如果细心想一想，承认形式是沿袭的，与承认情感思想语言一致，并不相悖。

第一，诗的形式是语言的纪律化之一种，其地位等于文法。语言有纪律化的必要，其实由于情感思想有纪律化的必要。文法与音律可以说都是人类对于自然的利导与征服，在混乱中所造成的条理。它们起初都是学成的习惯，在能手运用之下，习惯就变成了自然。诗人作诗对于音律，就如学外国文者对于文法一样，都是取现成纪律加以学习揣摩，起初都有几分困难，久而久之，驾轻就熟，就运用自如了。一切艺术的学习都须经过征服媒介困难的阶段，不独诗于音律为然。"从心所欲，不逾矩"是一切艺术的成熟境界，如果因迁就固定的音律，而觉得心中情感思想尚未能恰如其分地说出，情感思想与语言仍有若干裂痕，那就是因为艺术还没有成熟。

其次，诗是一种语言，语言生生不息，却亦非无中生有。语言的文法常在变迁，任何语言的文法史都可以证明，但是每种变迁都从一个固定的基础出发，而且它向来只是演化而不是革命。诗的音律与文

法一样，它们原来都是习惯，但是也是做演化出发点的习惯。诗的音律在各国都有几个固定的模型，而这些模型也随时随地在变迁。每个诗人常在已成模型范围之内，顺着情感的自然需要而加以伸缩。从诗律变迁史看，这是以往历史所走的一条大道。

比如在中国，由四言而五言，由五言而七言，由诗而赋而词而曲而弹词，由古而律，后一阶段都不同前一阶段，但常仍有几分是沿袭前一阶段。

宇宙一切都常在变，但变之中仍有不变者在；宇宙一切都彼此相异，但异之中亦仍有相同者在。语言的变化以及诗的音律的变化不过是这公理中一个节目。诗的音律有变的必要，就因为固定的形式不能应付生展变动的情感思想。

如果情感思想和语言可以不一致，则任何情感思想都可纳入几个固定的模型里，诗的形式便无变的必要。不过变必自固定模型出发，而变来变去，后一代的模型与前一代的模型仍相差不远，换句话说，诗还是有一个"形式"。这还是因为人类情感思想在变异之中仍有一个不变不易的基础。所以"形式"的存在与应用不能证明情感与语言不是平行一致的。

六、诗的音律本身的价值

关于诗的音律问题，我们要尊重历史的事实，不必一味武断。诗的疆域日渐剥削，散文的疆域日渐扩大，这是一件不容否认的历史的事实。

荷马用史诗体写的东西，索福克勒斯和莎士比亚用悲剧体裁写的东西，现代人都用散文、小说写；阿里斯托芬和莫里哀用有音律的喜剧形式写的东西，现代人用散文、戏剧写；甚至于从前人用抒情诗写的东西，现代人也用散文、小品文写。现在还有人用诗的形式来写信、来作批评论文吗？

希腊罗马时代的学者和他们的模仿者用诗写信、作论文却是常事。我想徐志摩如果生在六朝，他也许用赋的体裁写《死城》和《浓得化不开》。

摩越在《风格论》里说一个作家采用诗或散文来表现他的情感思想，大半取决于当时的风尚。他以为在我们这个时代，爱好小说是健康的趣味，爱好诗有几分是不健康的趣味。这番话很有至理。

不过真理往往有两方面。诗的形式纵然是沿袭传统的，它一直流传到现在，也自然有它的内在价值。它将来也许不至完全被散文吞并。艺术的基本原则在"寓变化于整齐"。诗的音律好处之一，就在给你一个整齐的东西做基础，可以让你去变化。散文入手就是变化，变来变去，仍不过是无固定形式。诗有格律可变化多端，所以诗的形式比散文的实较繁富。

就作者说，迁就已成规律是一种困难，但是战胜技术的困难是艺术创造的乐事，读诗的快感也常起于难能可贵的纯熟与巧妙。许多词律分析起来多么复杂，但是在大词人手里运用起来，又多么自然！把极勉强的东西化成极自然，这是最能使我们惊赞的。

同时，像许多诗学家所说的，这种带有困难性的音律可以节制豪放不羁的情感想象，使它们不至于一放不可收拾。情感想象本来都有几分粗野性，写在诗里，它们却常有几分冷静、肃穆与整秩，这就是音律所锻炼出来的。

有规律的音调持续到相当时间，常有催眠作用，"摇床歌"是极端的实例。一般诗歌虽不必尽能催眠，至少也可以把所写时意境和尘俗间许多实用的联想隔开，使它成为独立自足的世界。诗所用的语言不全是日常生活的语言，所以读者也不至以日常生活的实用态度去应付它，他可以聚精会神地观照纯意象。

举一个例来说，《西厢记》里"软玉温香抱满怀，春至人间花弄色，露滴牡丹开"这段词其实是描写男女私事，而读者在欣赏它的文字美妙、声音和谐时，往往忘其为淫秽。拿这段词来比《水浒》里潘金莲和西门庆的故事，或者《红楼梦》里贾琏和鲍二家的故事，我们就立刻见出音律的功用。

同理，许多悲惨、淫秽或丑陋的材料，用散文写，仍不失其为悲惨、淫秽或丑陋，披上诗的形式，就多少可以把它美化。比如母杀子，妻杀夫，女逐父，子娶母之类故事在实际生活中很容易引起痛恨与嫌恶，但是在希腊悲剧和莎士比亚的悲剧中，它们居然成为庄严灿烂的艺术意象，就因为它们表现为诗，与日常语言隔着一层，不致使人看成现实，以实用的态度去对付它们，我们的注意力被吸收于美妙的意象与和谐的声音方面去了。用美学术语来说，音律是一种制造"距离"的工具，把平凡、粗陋的东西提高到理想世界。

此外，音律的最大的价值自然在它的音乐性。音乐自身是一种产生浓厚美感的艺术，它和诗的关系待下一讲详论。

第六讲

诗与乐——节奏

在历史上诗与乐有很久远的渊源，在起源时它们与舞蹈原来是三位一体的混合艺术。声音、姿态、意义三者互相应和，互相阐明，三者都离不开节奏，这就成为它们的共同命脉。文化渐进，三种艺术分立，音乐专取声音为媒介，趋重和谐；舞蹈专取肢体形式为媒介，趋重姿态；诗歌专取语言为媒介，趋重意义。三者虽分立，节奏仍然是共同的要素，所以它们的关系常在藕断丝连的。

诗与乐的关系尤其密切，诗常可歌，歌常伴乐。从德国音乐家瓦格纳（Wagner）宣扬"乐剧"运动以后，诗剧与乐曲携手并行，互相辉映，又参之以舞，诗、乐、舞在原始时代的结合似乎又恢复起来了。

论性质，在诸艺术之中，诗与乐也最相近。它们都是时间艺术，与图画、雕刻只借空间见形象者不同。节奏在时间绵延中最易见出，所以在其他艺术中不如在诗与音乐中的重要。诗与乐所用的媒介有一部分是相同的。音乐只用声音，诗用语言，声音也是语言的一个重要成分。声音在音乐中借节奏与音调的"和谐"（harmony）而显其功用，在诗中也是如此。

因为诗与乐在历史上的渊源和在性质上的类似，有一部分诗人与诗论者极力求诗与乐的接近。

佩特在《文艺复兴论》里说："一切艺术都以逼近音乐为指归。"他的意思是：艺术的最高理想是实质与形式混化无迹。这个主张在诗方面响应者尤多。

有一派诗人，像英国的斯温伯恩（Swinburne）与法国的象征派，想把声音抬到主要的地位，魏尔伦（Verlaine）在一首论诗的诗里大声疾呼："音乐，高于一切！"（de la musique avant toute chose）

一部分象征诗人有"着色的听觉"（colour-hearing）一种心理变态，听到声音，就见到颜色。他们根据这种现象发挥为"感通说"（correspondance，参看波德莱尔用这个字为题的十四行诗），以为自然界现象如声色嗅味触觉等所接触的在表面虽似各不相谋，其实是遥相呼应、可相感通的，是互相象征的。所以许多意象都可以借声音唤起来。

象征运动在理论上演为伯列蒙（Abbé Brémond）的"纯诗"说。诗是直接打动情感的，不应假道于理智。它应该像音乐一样，全以声音感人，意义是无关紧要的成分。这一说与美学中形式主义不谋而合，因为语言中只有声音是"形式的成分"。

近来中国诗人有模仿象征派者，音与义的争执闹得很热烈。在这一讲里我们从分析诗与乐的异同下手，来替音义孰重问题找一个答案。

诗与乐的基本的类似点在它们都用声音。但是它们也有一个基本的异点，音乐只用声音，它所用的声音只有节奏与和谐两个纯形式的成分，诗所用的声音是语言的声音，而语言的声音都必伴有意义。诗不能无意义，而音乐除较低级的"标题音乐"（programme music）以外，无意义可言。诗与乐的一切分别都是从这个基本分别起来的。这个分别本极浅近易解，却有许多人忘记它而陷于偏激与错误。我们先抓住这个基本异点，来分析诗与乐的共同命脉——节奏。

一、节奏的性质

节奏是宇宙中自然现象的一个基本原则。自然现象彼此不能全同，亦不能全异。全同全异不能有节奏，节奏生于同异相承续，相错综，相呼应。

寒暑昼夜的来往，新陈的代谢，雌雄的匹偶，风波的起伏，山川的交错，数量的乘除消长，以至于玄理方面反正的对称，历史方面兴亡隆替的循环，都有一个节奏的道理在里面。

艺术返照自然，节奏是一切艺术的灵魂。在造型艺术则为浓淡、疏密、阴阳、向背相配称，在诗、乐、舞诸时间艺术则为高低、长短、疾徐相呼应。

在生灵方面，节奏是一种自然需要。人体中各种器官的机能如呼吸、循环等都是一起一伏地川流不息，自成节奏。这种生理的节奏又引起心理的节奏，就是精力的盈亏与注意力的张弛，吸气时营养骤增，脉搏跳动时筋肉紧张，精力与注意力亦随之提起；呼气时营养暂息，脉搏停伏时筋肉弛懈，精力与注意力亦随之下降。我们知觉外物时需要精力与注意力的饱满凝聚，所以常不知不觉地希求自然界的节奏和内心的节奏相应和。

有时自然界本无节奏的现象也可以借内心的节奏而生节奏。比如钟表机轮所发出的声响本是单调一律，没有高低起伏，我们听起来，却觉得它轻重长短相间。这是很自然的，呼吸、循环有起伏，精力有张弛，注意力有紧松，同一声音在注意力紧张时便显得重，在注意力松懈时便显得轻，所以单调一律的声音继续响下去，可以使听者听到有规律的节奏。

这个简单的事实可以揭示节奏的一个重要分别。节奏有"主观的"与"客观的"两种。我们所听到的钟表的节奏完全是主观的，没有客观的基础。有时自然现象本有它的客观的节奏，我们所听到的节奏不必与它完全相符合。

比如一组相邻两音高低为 1 与 3 之比，另一组相邻两音高低为 1 与 5 之比，同一 1 音在前组听起来较高，在后组听起来较低，因为受邻音高低反衬的影响不同。这正犹如同一炮声在与枪声同听时和与雷声同听时所生的印象有高低之别一样。

主观的节奏的存在证明外物的节奏可以因内在的节奏改变。但是内在的节奏因外物的节奏改变也是常事。诗与音乐的感动性就是从这种改变的可能起来的，有机体本来最善于适应环境，而模仿又是动物的一种很原始的本能。看见旁人发笑，自己也随之发笑；看见旁人踢球，自己的腿脚也随之跃跃欲动；看见山时我们不知不觉地挺胸昂首；看见杨柳轻盈摇荡时，我们也不知不觉轻松舒畅起来。这都是极普遍的经验。

外物的节奏也同样地逼着我们的筋肉及相关器官去适应它，模仿它。单就声音的节奏来说，它是长短、高低、轻重、疾徐相继承的关系。这些关系时时变化，听者所费的心力和所用的身心的活动也随之变化。因此，听者心中自发生一种节奏和声音的节奏相平行。

听一曲高而急促的调子，心力与筋肉亦随之做一种高而急促的活动；听一曲低而柔缓的调子，心力与筋肉也随之做一种低而柔缓的活动。诗与音乐的节奏常有一种"模型"（pattern），在变化中有整齐，流动生展却常回旋到出发点，所以我们说它有规律。

这"模型"印到心里也就形成了一种心理的模型，我们不知不觉地准备着照这个模型去适应，去花费心力，去调节注意力的张弛与筋肉的伸缩。这种准备在心理学上的术语是"预期"（expectation）。有规律的节奏都必能在生理、心理中印为模型，都必能产生预期。预期的中不中就是节奏的快感与不快感的来源。

比如读一首平仄相间的诗，读到平声时我们不知不觉地预期仄声的复返，读到仄声时又不知不觉地预期平声的复返。预期不断地产生，不断地证实，所以发生恰如所料的快慰。

不过全是恰如所料，又不免呆板单调，整齐中也要有变化，有变化时预期不中所引起的惊讶也不可少。它不但破除单调，还可以提醒注意力，犹如柯尔律治所比喻的上楼梯，步步上升时猛然发现一步梯特别高或特别低，注意力就猛然提醒。

从上面的分析看，外物的客观的节奏和身心的内在节奏交相影响，结果在心中所生的印象才是主观的节奏，诗与乐的节奏就是这种主观的节奏，它是心物交感的结果，不是一种物理的事实。

二、节奏的谐与拗

身心的内在节奏与客观的节奏虽可互相改变，却有一个限度。就内在的节奏影响外物的节奏来说，我们可以从有规律的钟表声听出节奏，不能从闹市的嘈杂声中听出节奏；可以把钟表声听得比实际的高一点或低一点，不能把它听成雷声或蚊声。

其次，就外物的节奏影响内在的节奏来说，它是依适应与模仿的原则把外物的节奏模型印到心里去，这种模型必须适合心的感受力，过高过长以及过于错杂的声音，或是过低过短过于单调的声音，都与身心的自然要求相违背。

理想的节奏须能适合生理、心理的自然需要，这就是说，适合于筋肉张弛的限度，注意力松紧的起伏回环，以及预期所应有的满足与惊讶，所谓"谐"和"拗"的分别就是从这个条件起来的。

如果物态的起伏节奏与身心内在的节奏相平行一致，则心理方面可以免去不自然的努力，感觉得愉快，就是"谐"，否则便是"拗"。节奏的快感至少有一部分是像斯宾塞（Spencer）所说的，起于精力的节省。

从物理方面说，声音相差的关系本来只可以用数量比例表出，无所谓谐与拗，谐与拗是它对于生理、心理所生的影响。

听音乐时，比如京戏或鼓书，如果演奏者艺术完美，我们便觉得每字音的长短、高低、疾徐都恰到好处，不能多一分也不能少一分。如果某句落去一板或是某板出乎情理地高一点或低一点，我们的全身筋肉就猛然感到一种不愉快的震撼。

通常我们听音乐或歌唱时用手脚去"打板"，其实全身筋肉都在"打板"。在"打板"时全身筋肉与心的注意力已形成一个"模型"，已潜伏一种预期，已准备好一种适应方式。听见的音调与筋肉所打的板眼相合，与注意力的松紧调剂，与所准备的适应方法没有差讹，我们便觉得"谐"，否则便觉得"拗"。

诗的谐与拗也是如此辨别出来的。比如"弃我去者昨日之日不可留，乱我心者今日之日多烦忧"两句诗念起来很顺口，听起来很顺耳。"顺口""顺耳"就是适合身心的自然需要，就是"谐"。如果把后句改为"今日之日多忧"或"今日之日多烦恼"，意义虽无甚更动，却马上觉得不顺口，不顺耳，那就是"拗"了。

每一曲音乐或是每一节诗都可以有一个特殊的节奏模型，既成为"模型"，如果不太违反生理、心理自然需要的话，都可以印到心里去，浸润到筋肉系统里去，产生节奏应有的效果。所以"谐"与"拗"不是看节奏是否很呆板地抄袭某种固定的传统的模型。

从前讲中国诗词的人以为谨遵"仄仄平平仄，平平仄仄平"式的模型便是"谐"，否则便是"拗"，那是一种误解。他们把谐与拗完全看成物理的事实，不知道它们实在是对于生理、心埋所生的影响。而且在诗方面，声音受意义影响，它的长短、高低、轻重等分别都跟着诗中所写的情趣走，原来不是一套死板公式。

比如我们在第五讲所引的李白和周邦彦的两首《忆秦娥》虽然同用一个调子，节奏并不一样。只有不懂诗的人才会把"音尘绝，西风残照，汉家陵阙"（李）和"相思曲，一声声是：怨红愁绿"（周）两段同形式的词句，念成同样的节奏。

诗的节奏决不能制成定谱。即依定谱，每首诗的节奏亦绝不是定谱所指示的节奏。蒲柏和济慈都用"五节平韵格"（heroic couplet），弥尔顿（Milton）和布朗宁（Browning）都用"无韵五节格"（blank verse），陶潜和谢灵运都用五古，李白和温庭筠都用七律，他们的节奏都相同么？这是一个极浅而易见的道理，我们特别提出，因为古今中外都有许多人离开具体的诗而凭空论地讲所谓"声调谱"。

乐的节奏可谱，诗的节奏不可谱；可谱者必纯为形式的组合，而诗的声音组合受文字意义影响，不能看成纯形式的。这也是诗与乐的一个重要的分别。

三、节奏与情绪的关系

声音与情绪的密切关系是古今中外诗人们所常谈论的。《乐记》中有一段话最透辟：

> 乐者音之所由生也，其本在人心之感于物也。是故其

哀心感者其声噍以杀，其乐心感者其声啴以缓，其喜心感者
其声发以散，其怒心感者其声粗以厉，其敬心感者其声直以
廉，其爱心感者其声和以柔。六者非性也，感于物而后动。

在西方哲学中倡音乐表情说者以叔本华为著。他的音乐定义是
"意志的客观化"（the objectification of will），他所谓"意志"包含情
绪在内。

声音与情绪的关系是很原始普遍的。师襄鼓琴，游鱼出听，或
仅是一种传说。据美国心理学者休恩（Schoen）的实验，则动物确实
能随音调变动而生种种情绪与动作。每种音乐都各表现一种特殊的情
绪。古希腊人就已注意到这个事实，他们分析当时所流行的七种音
乐，以为 E 调安定，D 调热烈，C 调和蔼，B 调哀怨，A 调发扬，G
调浮躁，F 调淫荡。亚里士多德最推重 C 调，以为它最宜于陶冶青
年。近代英国乐理学家鲍威尔（E. Power）研究所得的结论亦颇相似
（详见拙著《文艺心理学》附录第三章《声音美》）。

这种事实的生理基础尚待实验科学去仔细探讨，不过粗略的梗概
是可以推想的。高而促的音易引起筋肉及相关器官的紧张激昂，低而
缓的音易引起它们的弛懈安适。联想也有影响。有些声音是响亮清脆
的，容易使人联想起快乐的情绪；有些声音是重浊阴暗的，容易使人
联想起忧郁的情绪。

以上只就独立的音调说。诸音调配合、对比、反衬、连续继承而
波动，乃生节奏。节奏是音调的动态，对于情绪的影响更大。我们可
以说，节奏是传达情绪的最直接而且最有力的媒介，因为它本身就是

情绪的一个重要部分。我们生理、心理方面都有一种自然节奏，起于筋肉的伸缩以及注意力的张弛，已如上述。这是常态的节奏。

情绪一发动，呼吸、循环种种作用受扰动，筋肉的伸缩和注意力的张弛都突然改变常态，原来常态的节奏自然亦随之改变。换句话说，每种情绪都有它的特殊节奏。人类的基本情绪大致相同，它们所引起的生理变化与节奏也自然有一个共同模型。喜则笑，哀则哭，羞则面红耳赤，惧则手足震颤，这是显而易见的。细微而不易察觉的节奏当亦可由此类推。

作者（音乐家或诗人）的情绪直接地流露于声音节奏，听者依适应与模仿的原则接受这声音节奏，任其浸润蔓延于身心全部，于是依部分联想全体的原则，唤起那种节奏所常伴的情绪。这两种过程——表现与接受——都不必假道于理智思考，所以声音感人如通电流，如响应声，是最直接的，最有力的。

"情绪"原来含有"感动"的意思。情绪发生时，生理、心理全体机构都受感动，而且每种情绪都有准备发反应动作的倾向，例如恐惧时有准备逃避的倾向，愤怒时有准备攻击的倾向。

生理方面（尤其是筋肉系统）的这种动作的准备与倾向在心理学上叫作"动作趋势"（motor sets），节奏引起情绪，通常先激动它的特殊的"动作趋势"。我们听声音节奏，不仅须调节注意力，而且全体筋肉与相关器官都在静听，都在准备着和听到的节奏应节合拍地动作。某种节奏激动某种"动作趋势"，即引起它所常伴着的情绪。

但是节奏是抽象的，不是具体的情境，所以不能产生具体的情绪，如日常生活中的愤怒、畏惧、妒忌、嫌恶等等，只能引起各种模糊、隐约的抽象轮廓，如兴奋、颓唐、欣喜、凄恻、平息、虔敬、希冀、眷念等等。换句话说，纯粹的声音节奏所唤起的情绪大半无对象，所以没有很明显固定的内容，它是形式化的情绪。

诗于声音之外有文字意义，常由文字意义托出一个具体的情境来。因此，诗所表现的情绪是有对象的，具体的，有意义内容的。

例如杜工部的《石壕吏》《新婚别》《兵车行》诸作所表现的不是抽象的凄恻，而是乱离时代兵役离乡别井、妻离子散的痛苦；陶渊明的《停云》《归田园居》诸作所表现的不是抽象的欣喜与平息，而是乐道安贫与自然相默契者的冲淡胸怀与怡悦情绪。

我们读诗常设身处地，体物入微，分享诗人或诗中主角所表现的情绪。这种具体情绪的传染浸润，得力于纯粹的声音节奏者少，于文字意义者多。诗与音乐虽同用节奏，而所用的节奏不同，诗的节奏是受意义支配的，音乐的节奏是纯形式的，不带意的；诗与音乐虽同产生情绪，而所生的情绪性质不同，一是具体的，一是抽象的。这个分别是很基本的，不容易消灭的。

瓦格纳想在乐剧中把这个分别打消，使诗与音乐熔于一炉。其实听乐剧者注意到音乐即很难同时注意到诗，注意到诗即很难同时注意到音乐。乐剧是一种非驴非马的东西，含有一个很大的矛盾。

四、语言的节奏与音乐的节奏

诗是一种音乐，也是一种语言。音乐只有纯形式的节奏，没有语言的节奏，诗则兼而有之。这个分别最重要。以上两节中已略陈端倪，现在把它提出来特别细加分析。

先分析语言的节奏。它是三种影响合成的。

第一是发音器官的构造。呼吸有一定的长度，在一口气里我们所说出的字音也因而有限制；呼吸一起一伏，每句话中各字音的长短轻重也因而不能一律。念一段毫无意义的文字，也不免带几分抑扬顿挫。这种节奏完全由于生理的影响，与情感和理解都不相干。

第二是理解的影响。意义完成时，声音须停顿；意义有轻重起伏时，声音也随之有轻重起伏。这种起于理解的节奏为一切语言所公有，在散文中尤易见出。

第三是情感的影响。情感有起伏，声音也随之有起伏；情感有往复回旋，声音也随之有往复回旋。情感的节奏与理解的节奏虽常相辅而行，不易分开，却不是同一件事。

比如演说，有些人先将讲稿做好读熟，然后登台背诵，条理尽管清晰，辞藻尽管是字斟句酌来的，而听者却往往不为之动。也有些人不先预备，临时信口开河，随临时的情感兴会和思路支配，往往能娓娓动听，虽然事后在报纸上读记录下来的演讲词，倒可能很平凡芜琐。前一派所倚重的只是理解的节奏，后一派所倚重的是情感的节奏。理解的节奏是呆板的，偏重意义；情感的节奏是灵活的，偏重腔调。

照以上的分析看，语言的节奏全是自然的，没有外来的形式支配它。音乐的节奏是否也是如此呢？旧乐理学家的答复似乎是肯定的。英国斯宾塞和法国格雷特里（Grétry）都曾经主张音乐起于语言。自然语言的声调节奏略经变化，便成歌唱，乐器的音乐则从模仿歌唱的声调节奏发展出来。所以斯宾塞说："音乐是光彩化的语言。"瓦格纳的乐剧运动就是根据"音乐表现情感"说，拿无文字意义的音乐和有文字意义的诗剧混合在一起。

这一派学说近来已为多数乐理学家所摒弃。德国华拉歇克（Wallaschek）和斯徒夫（Stumpf）以及法国德拉库瓦（Delacroix）诸人都以为音乐和语言根本不同，音乐并不起于语言，音乐所用的音有一定的分量，它的音阶是断续的，每音与它的邻音以级数递升或递降，彼此成固定的比例。

语言所用的音无一定的分量，从低音到高音一线连贯，在声带的可能性之内，我们可以在这条线上取任何音来使用，前音与后音不必成固定的比例。这只是指音的高低，音的长短亦复如此。还不仅此，我们已再三说过，语言都有意义，了解语言就是了解它的意义；纯音乐都没有意义，欣赏音乐要偏重声音的形式的关系，如起承转合、比称呼应之类。

总之，语言的节奏是自然的、没有规律的、直率的，常倾向变化；音乐的节奏是形式化的、有规律的、回旋的，常倾向整齐。

诗源于歌，歌与乐相伴，所以保留有音乐的节奏；诗是语言的艺术，所以含有语言的节奏。

就音节而论，诗是"相反者之同一"，像哲学家所说的，自然之中有人为，束缚之中有自由，整齐之中有变化，沿袭之中有新创，"从心所欲"而却能"不逾矩"。诗的难处在此，妙处也在此。想把诗变成音乐，变成一种纯粹的声音组织，那是无异于斩头留尾，而仍想保持有机体的生命。

音乐所不能明白表现的，诗可以明白表现，正因为它有音乐所没有的一个要素——文字意义。现在要把它所特有的要素丢开，让它勉强去做只有音乐所能做的事，无论它是否能做得到，纵然做得到，也不过使它变成音乐的附赘悬瘤。我们并非轻视诗的音乐成分。不能欣赏诗的音乐者对于诗的精微处恐终隔膜。我们所特别着重的论点只是：诗既用语言，就不能不保留语言的特性，就不能离开意义而去专讲声音。

五、诗的歌诵问题

诗的节奏是音乐的，也是语言的。这两种节奏分配的分量随诗的性质而异：纯粹的抒情诗都近于歌，音乐的节奏往往重于语言的节奏；剧诗和叙事诗都近于谈话，语言的节奏重于音乐的节奏。它也随时代而异：古歌而今诵；歌重音乐的节奏，而诵重语言的节奏。

诵诗在西方已成为一种专门艺术。戏剧学校常列诵诗为必修功课，公众娱乐和文人集会中常有诵诗一项节目。诵诗的难处和作诗的难处一样，一方面要保留音乐的形式化的节奏，一方面又要顾到语言的节奏，这就是说，要在迁就规律之中流露活跃的生气。

现在姑举我个人在欧洲所见到的为例。在法国方面，诵诗法以国家戏剧所通用者为标准。法国国家戏院除排演诗剧以外，常有诵诗节目。英国无国家戏院，老维克（Old Vic）戏院"莎士比亚班"诵诗剧的方法也是一个标准。此外私人集团诵诗的也不少。诗人蒙罗（Harold Monro）在世时（他死于一九三二年），每逢礼拜四晚邀请英国诗人到他在伦敦所开的"诗歌书店"里朗诵他们自己的诗。

就我在这些地方所得的印象说，西方人诵诗的方法也不一律。粗略地说，戏院偏重语言的节奏，诗人们自己大半偏重音乐的节奏。这两种诵法有"戏剧诵"（dramatic recitation）和"歌唱诵"（singsong recitation）的称呼。有些诗人根本反对"戏剧诵"，以为诗的音律功用非在产生实际生活的联想，造成一种一尘不染的心境，使听者聚精会神地陶醉于诗的意象和音乐。语言的节奏太现实，易起实际生活的联想，使心神分散。不过"戏剧诵"也很流行，它的好处在能表情。有些人设法兼收"歌唱式"与"戏剧式"，以调和语言和音乐的冲突。例如：

To-mórrow ís our wédding day .

这句诗在流行语言中只有两个重音，如上文" ′ "号所标记的。但是就"轻重格"（iambic）的规律说，它应该轻重相间，有四个重音，如下式：

To-mórrow ís our wédding dáy .

如此读去，则本来无须着重的音须勉强着重，就不免失去语言的神情了。但是如果完全依流行语言的节奏，则又失去诗的音律性。一般诵诗者于是设法调和，读如下式：

To-mórrow ís our wédding dáy.

这就是在音乐节奏中丢去一个重音（ís）以求合于语言，在语言节奏中加上一个重音（dáy）以求合于音律。这样办，两种节奏就可并行不悖了。这只是就极粗浅地说。诵诗的技艺到精微处有云行天空卷舒自如之妙。这就不易求诸形迹，所谓"神而明之，存乎其人"了。

中国人对于诵诗似不很讲究，颇类似念经，往往各自为政，既不合语言的节奏，又不合音乐的节奏。不过就一般哼旧诗的方法看，音乐的节奏较重于语言的节奏，性质极不相近而形式相同的诗往往被读成同样的调子。

中国诗一句常分若干"逗"（或"顿"），逗有表示节奏的功用，近于法文诗的"逗"（cesure）和英文诗的"步"（foot）。在习惯上逗的位置有一定的。五言句常分两逗，落在第二字与第五字，有时第四字亦稍顿。七言句通常分三逗，落在第二字、第四字与第七字，有时第六字亦稍顿。读到逗处声应略提高延长，所以产生节奏，这节奏大半是音乐的而不是语言的。

例如"汉文皇帝有高台"，"文"字在义不能顿而在音宜顿；"鸿雁不堪愁里听，云山况是客中过"，"堪""是"两虚字在义不宜顿而在音宜顿；"永夜角声悲自语，中天月色好谁看"，"悲""好"两字在语言节奏宜长顿，"声""色"两字不宜顿，但在音乐节奏中逗不落在

"悲""好"而反落在"声""色"。再如辛稼轩的《沁园春》：

> 杯汝来前。老子今朝，点检形骸。甚长年抱渴，咽如焦
> 釜，于今喜睡，气似奔雷。汝说刘伶，古今达者，醉后何妨
> 死便埋。浑如此，叹汝于知己，真少恩哉。

这首词用对话体，很可以用语言的节奏念出来，但原来依词律的句逗就应该大加改变。例如"杯汝来前"应读为"杯，汝来前！""老子今朝，点检形骸"应读为"老子今朝点检形骸"。"汝说刘伶，古今达者"应读为"汝说：刘伶古今达者"。

新诗起来以后，旧音律大半已放弃，但是一部分新诗人似乎仍然注意到音节。新诗还在草创时代，情形极为紊乱，很不容易抽绎一些原则出来。就大体说，新诗的节奏是偏于语言的。

音乐的节奏在新诗中有无地位，它应不应该有地位，还须待大家虚心探讨，偏见和武断是无济于事的。

第七讲

诗与画——评莱辛的诗画异质说

一、诗画同质说与诗乐同质说

苏东坡称赞王摩诘说："味摩诘之诗，诗中有画；观摩诘之画，画中有诗。"这是一句名言，但稍加推敲，似有语病。谁的诗，如果真是诗，里面没有画？谁的画，如果真是画，里面没有诗？

希腊诗人西摩尼得斯（Simonides）说过："诗为有声之画，画为无声之诗。"宋朝画论家赵孟溁也说过这样的话，几乎一字不差。这种不谋而合可证诗画同质是古今中外一个普遍的信条。罗马诗论家贺拉斯（Horace）所说的"画如此，诗亦然"（ut pictura , poesis）尤其是谈诗画者所津津乐道的。

道理本来很简单。诗与画同是艺术，而艺术都是情趣的意象化或意象的情趣化。徒有情趣不能成诗，徒有意象也不能成画。情趣与意象相契合融化，诗从此出，画也从此出。

话虽如此说，诗与画究竟是两种艺术，在相同之中有不同者在。就作者说，同一情趣饱和的意象是否可以同样地表现于诗亦表现于画？媒介不同，训练修养不同，能作诗者不必都能作画，能作画者也不必都能作诗。就是对于诗画兼长者，可用画表现的不必都能用诗表现，可用诗表现的也不必都能用画表现。

就读者说，画用形色是直接的，感受器官最重要的是眼；诗用形色借文字为符号，是间接的，感受器官除眼之外，耳有同等的重要。诗虽可"观"，而画却不可"听"。感官途径不同，所引起的意象与情趣自亦不能尽同。这些都是很显然的事实。

诗的姊妹艺术，一是图画，一是音乐。

柏拉图在《理想国》里论诗，拿图画来比拟。实物为理式（idea）的现形（appearance），诗人和画家都仅模仿实物，与哲学探求理式不同，所以诗画都只是"现形的现形""模仿的模仿""和真实隔着两重"。这一说一方面着重诗画描写具体形象，一方面演为艺术模仿自然说。前一点是对的，后一点则蔑视艺术的创造性，酿成许多误解。

亚里士多德在《诗学》里对于他的老师的见解曾隐含一个很中肯的答辩。他以为诗不仅模仿现形，尤其重要的是借现形寓理式。"诗比历史更近于哲学"，这就是说，更富于真实性，因为历史仅记载殊象（现形），而诗则于殊象中见共象（理式）。他所以走到这种理想主义，就因为他拿来比拟诗的不是图画而是音乐。在他看，诗和音乐是同类艺术，因为它们都以节奏、语言与"和谐"三者为媒介。在《政治学》里他说音乐是"最富于模仿性的艺术"。照常理说，音乐在诸艺术中是最无所模仿的。亚里士多德所谓"模仿"与柏拉图所指的仅为抄袭的"模仿"不同，它的含义颇近于现代语的"表现"。音乐最富于表现性。以音乐比诗，所以亚里士多德能看出诗的"表现"一层功用。

拟诗于画，易侧重模仿现形，易走入写实主义；拟诗于乐，易侧重表现自我，易走入理想主义。这个分别虽是陈腐的，却是基本的。

柯尔律治说得好："一个人生来不是柏拉图派，就是亚里士多德派。"我们可以引申这句话来说："一个诗人生来不是侧重图画，就是侧重音乐；不是侧重客观的再现，就是侧重主观的表现。"我们说"侧重"，事实上这两种倾向相调和折中的也很多。在历史上这两种倾向各走极端而形成两敌派的，前有古典派与浪漫派的争执，后有法国帕尔纳斯派与象征派的争执，真正大诗人大半能调和这两种冲突，使诗中有画也有乐，再现形象同时也能表现自我。

二、莱辛的诗画异质说

诗的图画化和诗的音乐化是两种根本不同的看法。比较起来，诗的音乐化一说到十九世纪才盛行，以往的学者大半特别着重诗与画的密切关联。

诗画同质说在西方如何古老，如何普遍，以及它对于诗论所生的利弊影响如何，美国人文主义倡导者白璧德（Babbitt）在《新拉奥孔》一书中已经说得很详尽，用不着复述。这部书是继十八世纪德国学者莱辛的《拉奥孔》而作的。这是近代诗画理论文献中第一部重要著作。从前人都相信诗画同质，莱辛才提出很丰富的例证，用很动人的雄辩，说明诗画并不同质。

各种艺术因为所使用的媒介不同，各有各的限制，各有各的特殊功用，不容互相混淆。我们现在先概括地介绍莱辛的学说，然后拿它作讨论诗与画的起点。

拉奥孔是十六世纪在罗马发掘出来的一座雕像，表现一位老人——拉奥孔和他的两个儿子被两条大蛇绞住时的苦痛挣扎的神情。据希腊传说，希腊人因为要夺回潜逃的海伦后，举兵围攻特洛伊（Troy）城，十年不下。最后他们佯逃，留着一匹腹内埋伏精兵的大木马在城外，特洛伊人看见木马，视为奇货，把它移到城内，夜间潜伏在马腹的精兵一齐跳出来，把城门打开，城外伏兵于是乘机把城攻下。当移木马入城时，特洛伊的典祭官拉奥孔极力劝阻，说木马是希腊人的诡计。他这番忠告激怒了偏心于希腊人的海神波赛冬。当拉奥孔典祭时，河里就爬出两条大蛇，一直爬到祭坛边，把拉奥孔和他的两个儿子一齐绞死。这是海神对于他的惩罚。

这段故事是罗马诗人维吉尔（Virgil）的《伊尼特》（Aeneid）第二卷里最有名的一段。十六世纪在罗马发现的拉奥孔雕像似以这段史诗为蓝本。莱辛拿这段诗和雕像参观互较，发现几个重要的异点。因为要解释这些异点，他才提出诗画异质说。

据史诗，拉奥孔在被捆时放声号叫；在雕像中他的面孔只表现一种轻微的叹息，具有希腊艺术所特有的恬静与肃穆。为什么雕像的作者不表现诗人所描写的号啕呢？希腊人在诗中并不怕表现苦痛，而在造型艺术中却永远避免痛感所产生的面孔筋肉挛曲的丑状。在表现痛感之中，他们仍求形象的完美。"试想象拉奥孔张口大叫，看看印象如何。……面孔各部免不了呈现很难看的狞恶的挛曲，姑不用说，只是张着大口一层，在图画中是一个黑点，在雕刻中是一个空洞，就要产生极不愉快的印象了。"在文字描写中，这号啕不至于产生同样的效果，因为它并不很脱皮露骨地摆在眼前，呈现丑象。

其次，据史诗，那两条长蛇绕腰三道，绕颈两道，而在雕像中它们仅绕着两腿。因为作者要从全身筋肉上表现出拉奥孔的苦痛，如果依史诗让蛇绕腰颈，筋肉方面所表现的苦痛就看不见了。同理，雕像的作者让拉奥孔父子裸着身体，虽然在史诗中拉奥孔穿着典祭官的衣帽。

"一件衣裳对于诗人并不能隐藏什么，我们的想象能看穿底细。无论史诗中的拉奥孔是穿衣或裸体，他的痛苦表现于周身各部，我们可以想象到。"至于雕像却须把苦痛所引起的四肢筋肉挛曲很生动地摆在眼前，穿着衣，一切就遮盖起来了。

在这些地方，我们可以看出诗人与造型艺术家对于材料的去取大不相同。莱辛推原这不同的理由，做这样的一个结论：

> 如果图画和诗所用的模仿媒介或符号完全不同，那就是说，图画用存于空间的形色，诗用存于时间的声音；如果这些符号和它们所代表的事物须互相妥适，则本来在空间中相并立的符号只宜于表现全体或部分在空间中相并立的事物，

本来在时间上相承续的符号只宜于表现全体或部分在时间上相承续的事物。全体或部分在空间中相并立的事物叫作"物体"（body），因此，物体和它们的看得见的属性是图画的特殊题材。全体或部分在时间上相承续的事物叫作"动作"（action），因此，动作是诗的特殊题材。

换句话说，画只宜于描写静物，诗只宜于叙述动作。画只宜于描写静物，因为静物各部分在空间中同时并存，而画所用的形色也是如此。观者看到一幅画，对于画中各部分一目就能了然。这种静物不宜于诗，因为诗的媒介是在时间上相承续的语言，如果描写静物，须把本来是横的变成纵的，本来是在空间中相并立的变成在时间上相承续的。

比如说一张桌子，画家只需用寥寥数笔，便可以把它画出来，使人一眼看到就明白它是桌子。如果用语言来描写，你须从某一点说起，顺次说下去，说它有多长多宽，什么形状，什么颜色等等，说了一大篇，读者还不定马上就明白它是桌子，他心里还须经过一次翻译的手续，把语言所表现成为纵直的还原到横列并陈的。

诗只宜叙述动作，因为动作在时间直线上先后相承续，而诗所用的语言声音也是如此，听者听一段故事，从头到尾，说到什么阶段，动作也就到什么阶段，一切都很自然。这种动作不宜于画，因为一幅画仅能表现时间上的某一点，而动作却是一条绵延的直线。

比如说，"我弯下腰，拾一块石头打狗，狗见着就跑了"，用语言来叙述这事，多么容易，但是如果把这简单的故事画出来，画十幅、二十幅并列在一起，也不一定使观者一目了然。观者心里也还要经过一番翻译手续，把同时并列的零碎的片段贯串为一气呵成的直线。

溥心畬氏曾用贾岛的"独行潭底影，数息树边身"两句诗为画题，画上十几幅，终于只画出一些"潭底影"和"树边身"。而诗中"独行"的"行"和"数息"的"数"的意味终无法传出。这是莱辛的画不宜于叙述动作说的一个很好的例证。

莱辛自己所举的例证多出于荷马史诗。荷马描写静物时只用一个普泛的形容词，一只船只是"空洞的""黑的"或"迅速的"，一个女人只是"美丽的"或"庄重的"。但是他叙述动作时却非常详细，叙行船从竖桅、挂帆、安舵、插桨一直叙到起锚下水；叙穿衣从穿鞋、戴帽、穿盔甲一直叙到束带挂剑。这些实例都可证明荷马就明白诗宜于叙述而不宜于描写的道理。

三、画如何叙述，诗如何描写

但是谈到这里，我们不免疑问：画绝对不能叙述动作，诗绝对不能描写静物么？莱辛所根据的拉奥孔雕像不就是一幅叙述动作的画？他所欢喜援引的荷马史诗里面不也有很有名的静物描写如阿喀琉斯的护身盾（the shield of Achilles）之类？莱辛也顾到这个问题，曾提出很有趣的回答，他说：

> 物体不仅占空间，也占时间。它们继续地存在着，在

续存的每一顷刻中，可以呈现一种不同的形象或是不同的组合。这些不同的形象或组合之中，每一个都是前者之果，后者之因，如此则它仿佛形成动作的中心点。因此，图画也可以模仿动作，但是只能间接地用物体模仿动作。

就另一方面说，动作不能无所本，必与事物生关联。就发动作的事物之为物体而言，诗也能描绘物体，但是也只能间接地用动作描绘物体。

在它的并列组合中，图画只能利用动作过程中某一顷刻，而它选择这一顷刻，必定要它最富于暗示性，能把前前后后都很明白地表现出来。同理，在它的承续的叙述中，诗也只能利用物体的某一种属性，而它选择这一种属性，必定能唤起所写的物体的具体的整个意象，它应该是特应注意的一方面。

换句话说，图画叙述动作时，必化动为静，以一静面表现全动作的过程；诗描写静物时，亦必化静为动，以时间上的承续暗示空间中的绵延。

先说图画如何能叙述动作。一幅画不能从头到尾地叙述一段故事，它只能选择全段故事中某一片段，使观者举一可以反三。这如何可以办到，最好用莱辛自己的话来解释：

艺术家在变动不居的自然中只能抓住某一顷刻。尤其是画家，他只能从某一观点运用这一顷刻。他的作品却不是过眼云烟，一纵即逝，须耐人长久反复玩味。所以把这一顷刻和抓住这一顷刻的观点选择得恰到好处，须大费心裁。最合适的选择必能使想象最自由地运用。我们愈看，想象愈有所启发；想象所启发的愈多，我们也愈信目前所看到的真实。

在一种情绪的过程中，最不易产生这种影响的莫过于它的顶点（climax）。到了顶点，前途就无可再进一步；以顶点摆在眼前，就是剪割想象的翅膀，想象既不能在感官所得印象之外再进一步，就不能不倒退到低一层弱一层的意象上去，不能达到呈现于视觉的完美表现。

比如说，如果拉奥孔只微叹，想象很可以听到他号啕。但是如果他号啕，想象就不能再往上走一层；如果下降，就不免想到他还没有那么大的苦痛，兴趣就不免减少了。在表现拉奥孔号啕时，想象不是只听到他呻吟，就是想到他死着躺在那里。

简单地说，图画所选择的一顷刻应在将达"顶点"而未达"顶点"之前。"不仅如此，这一顷刻既因表现于艺术而长存永在，它所表现的不应该使人想到它只是一纵即逝的。"最有耐性的人也不能永久地号啕，所以雕像的作者不表现拉奥孔的号啕而只表现他微叹，微叹是可以耐久的。莱辛的普遍结论是：图画及其他造型艺术不宜于表现极强烈的情绪或是故事中最紧张的局面。

其次，诗不宜于描写物体，它如果要描写物体，也必定采叙述动作的方式。莱辛举的例是荷马史诗中所描写的阿喀琉斯的护身盾。这盾纵横不过三四尺，而它的外层金壳上面雕着山川河海、诸大行星、春天的播种、夏天的收获、秋天的酿酒、冬天的畜牧、婚姻丧祭、审判战争各种景致。荷马描写这些景致时，并不像开流水账式地数完一样再数一样。他只叙述火神铸造这盾时如何逐渐雕成这些景致，所以本来虽是描写物体，他却把它变成叙述动作，令人读起来不觉得呆板枯燥。

如果拿中国描写诗来说，化静为动，化描写为叙述几乎是常例，如"池塘生春草""塔势如涌出，孤高耸天宫""鬟云欲度香腮雪""千树压西湖寒碧""星影摇摇欲坠"之类。

莱辛推阐诗不宜描写物体之说，以为诗对于物体美也只能间接地暗示而不能直接地描绘，因为美是静态，起于诸部分的配合和谐，而诗用先后承续的语言，不易使各部分在同一平面上现出一个和谐的配合来。

暗示物体美的办法不外两种：一种是描写美所生的影响。最好的例是荷马史诗中所写的海伦（Helen）。海伦在希腊传说中是绝代美人，荷马描写她，并不告诉我们她的面貌如何，眉眼如何，服装如何等等，他只叙述在兵临城下时，她走到城墙上面和特洛伊的老者们会晤的情形：

> 这些老者们看见海伦来到城堡，都低语道："特洛伊人和希腊人这许多年来都为着这样一个女人尝尽了苦楚，也无足怪，看起来她是一位不朽的仙子。"

莱辛接着问道："叫老年人承认耗费了许多血泪的战争不算冤枉，有什么比这能产生更生动的美的意象呢？"在中国诗中，像"回眸一笑百媚生，六宫粉黛无颜色""痛哭六军俱缟素，冲冠一怒为红颜"之类的写法，也是以美的影响去暗示美。

另一种暗示物体美的办法就是化美为"媚"（charm）。"媚"的定义是"流动的美"（beauty in motion），莱辛举了一段意大利诗为例，我们可以用一个很恰当的中文例来代替它。《诗经·卫风》有一章描写美人说：

> 手如柔荑，肤如凝脂，领如蝤蛴，齿如瓠犀，螓首蛾眉；巧笑倩兮，美目盼兮。

这章诗前五句最呆板，它费了许多笔墨，却不能使一个美人活灵活现地现在眼前。我们无法把一些嫩草、干油、蚕蛹、瓜子之类东西凑合起来，产生一个美人的意象。但是"巧笑倩兮，美目盼兮"两句，寥寥八字，便把一个美人的姿态神韵，很生动地渲染出来。这种分别就全在前五句只历数物体属性，而后两句则化静为动，所写的不是静止的"美"，而是流动的"媚"。

总之，诗与画因媒介不同，一宜于叙述动作，一宜于描写静物。"画如此，诗亦然"的老话并不精确。诗画既异质，则各有疆界，不应互犯。

在《拉奥孔》的附录里，莱辛阐明他的意旨说："我想，每种艺术的鹄的应该是它性所特近的，而不是其他艺术也可做到的。我觉得普鲁塔克（Plutarch）的比喻很可说明这个道理：一个人用钥匙去破柴，用斧头去开门，不但把这两件用具弄坏了，而且自己也就失了它们的用处。"

四、莱辛学说的批评

莱辛的诗画异质说大要如上所述。他对于艺术理论的贡献甚大，为举世所公认。举其大要，可得三端：

（一）他很明白地指出以往诗画同质说的笼统含混。各种艺术在相同之中有不同者在，每种艺术应该顾到它的特殊的便利与特殊的限制，朝自己的正路向前发展，不必旁驰博骛，致蹈混淆芜杂。从他起，艺术在理论上才有明显的分野。无论他的结论是否完全精确，他的精神是近于科学的。

（二）他在欧洲是第一个看出艺术与媒介（如形色之于图画，语言之于文学）的重要关联的人。艺术不仅是在心里所孕育的情趣意象，还须借物理的媒介传达出去，成为具体的作品。每种艺术的特质多少要受它的特殊媒介的限定。这种看法在现代因为对于克罗齐美学的反响，才逐渐占势力。莱辛在一百几十年以前仿佛就已经替克罗齐派美学下一个很中肯的针砭了。

（三）莱辛讨论艺术，并不抽象地专在作品本身着眼，而同时顾到作品在读者心中所引起的活动和影响。比如他主张画不宜选择一个故事的兴酣局紧的"顶点"，就因为读者的想象无法再向前进；他主张诗不宜历数一个物体的各面形象，就因为读者所得的是一条直线上的先后承续的意象，而在物体中这些意象却本来并存在一个平面上，读者须从直线翻译回原到平面，不免改变原形，致失真相。这种从读者的观点讨论艺术的办法是近代实验美学与文艺心理学的。莱辛可以说是一个开风气的人。

不过莱辛虽是新风气的开导者，却也是旧风气的继承者。他根本没有脱离西方二千余年的"艺术即模仿"这个老观念。他说："诗与画都是模仿艺术，同为模仿，所以同依照模仿所应有法则。不过它们所用的模仿媒介不同，因此又各有各的特殊法则。"这种"模仿"观念是希腊人所传下来的。

莱辛倾倒希腊作家，以为亚里士多德的《诗学》无瑕可指，有如欧几里得的几何学。他说："诗只宜于叙述动作。"因为亚里士多德说过："模仿的对象是动作。"亚里士多德所讨论的诗偏重戏剧与史诗，特别着重动作，固无足怪；近代诗日向抒情、写景两方面发展，诗模仿动作说已不能完全适用。这种新倾向在莱辛时代才渐露头角，到十九世纪则附庸蔚为大国，或为莱辛所未料及。即以造型艺术论，侧重景物描写，反在莱辛以后才兴起。莱辛所及见的图画雕刻，如古希腊的浮雕瓶画，尤其是文艺复兴时代的叙述宗教传说的作品，都应该使他明白欧洲造型艺术的传统向来就侧重叙述动作。他抹杀事实而主张画不宜叙述动作，亦殊出人意料。

莱辛在《拉奥孔》里谈到作品与媒介和材料的关系，谈到艺术对于读者的心理影响，而对于作品与作者的关系则始终默然。作者的情感与想象以及驾驭媒介和锤炼材料的意匠经营，在他看，似乎不很能影响作品的美丑。他对于艺术的见解似乎是一种很粗浅的写实主义。像许多信任粗浅常识者一样，他以为艺术美只是抄袭自然美。不但如此，自然美仅限于物体美，而物体美又只是形式的和谐。形式的和谐本已存于物体，造型艺术只须把它抄袭过来，作品也就美了。

因此，莱辛以为希腊造型艺术只用本来已具完美形象的材料，极力避免丑陋的自然。拉奥孔雕像的作者不让他号啕，因为号啕时的面孔筋肉挛曲以及口腔张开，都太丑陋难看。他忘记他所崇拜的亚里士多德曾经很明白地说过艺术可用丑材料，他忽略他所推尊的古典艺术也常用丑材料如酒神侍从（satyrs）和人马兽（centaurs）之类，他没有觉到一切悲剧和喜剧都有丑的成分在内，他甚至于没有注意到拉奥孔雕像本身也并非没有丑的成分在内，而很武断地说："就其为模仿而言，图画固可表现丑；就其为艺术而言，它却拒绝表现丑。"并且，就这句话看来，艺术当不尽是模仿，二者分别何在，他也没有指出。他相信理想的美仅能存于人体，造型艺术以最高美为目的，应该偏重模仿人体美。花卉画家和山水画家都不能算是艺术家，因为花卉和山水根本不能达到理想的美。

这种议论已够奇怪，但是"艺术美模仿自然美"这个信条逼得莱辛走到更奇怪的结论。美仅限于物体，而诗根本不能描写物体，则诗中就不能有美。莱辛只看出造型艺术中有美，他讨论诗，始终没有把诗和美联在一起讲，只推求诗如何可以驾驭物体美。

他的结论是：诗无法可以直接地表现物体美，因为物体美是平面上形象的谐和配合，而诗因为用语言为媒介，却须把这种平面配合拆开，化成直线式的配合，从头到尾地叙述下去，不免把原有的美的形象弄得颠倒错乱。物体美是造型艺术的专利品，在诗中只能用影响和动作去暗示。他讨论造型艺术时，许可读者运用想象；讨论诗时，似乎忘记同样的想象可以使读者把诗所给的一串前后承续的意象回原到平面上的配合。

从莱辛的观点看，作者与读者对于目前形象都只能一味被动地接收，不加以创造和综合。这是他的基本错误。因为这个错误，他没有找出一个共同的特质去统摄一切艺术，没有看出诗与画在同为艺术一层上有一个基本的同点。在《拉奥孔》中，他始终把"诗"和"艺术"看成对立的，只是艺术有形式"美"而诗只有"表现"（指动作的意义）。

这么一来，"美"与"表现"离为两事，漠不相关。"美"纯是"形式的"，"几何图形的"，在"意义"上无所"表现"；"表现"是"叙述的"，"模仿动作的"，在"形式"上无所谓"美"。

莱辛固然没有说得这样斩钉截铁，但是这是他的推理所不能逃的结论。我们知道，在艺术理论方面，陷于这种误解的不只莱辛一人，大哲学家如康德，也不免走上这条错路。一直到现在，"美"与"表现"的争论还没有了结。

克罗齐的"美即表现"说也许是一条打通难关的路。一切艺术，无论是诗是画，第一步都须在心中见到一个完整的意象，而这意象必恰能表现当时当境的情趣。情趣与意象恰相契合，就是艺术，就是表现，也就是美。

我们相信，就艺术未传达成为作品之前而言，克罗齐的学说确实比莱辛的强。至少，它顾到外界印象须经创造的想象才能成艺术，没有把自然美和艺术美误认为一事，没有使"美"与"表现"之中留着一条不可跨越的鸿沟。

艺术受媒介的限制，固无可讳言。但是艺术最大的成功往往在征服媒介的困难。画家用形色而能产生语言声音的效果，诗人用语言声音而能产生形色的效果，都是常有的事。

我们只略读杜工部、苏东坡诸人题画的诗，就可以知道画家对于他们仿佛是在讲故事。我们只略读陶、谢、王、韦诸工于写景的诗人的诗集，就可以知道诗里有比画里更精致的图画。

媒介的限制并不能叫一个画家不能说故事，或是叫一位诗人不能描写物体。而且说到媒介的限制，每种艺术用它自己的特殊媒介，又何尝无限制？形色有形色的限制，而图画却须寓万里于咫尺；语言有语言的限制，而诗文却须以有尽之言达无穷之意。图画以物体暗示动作，诗以动作暗示物体，又何尝不是媒介困难的征服。媒介困难既可征服，则莱辛的"画只宜描写，诗只宜叙述"一个公式并不甚精确了。

一种学说是否精确，要看它能否到处得到事实的印证，能否用来解释一切有关事实而无罅漏。如果我们应用莱辛的学说来分析中国的诗与画，就不免有些困难。

中国画从唐宋以后就侧重描写物景，似可证实画只宜于描写物体说。但是莱辛对于山水花卉翎毛素来就瞧不起，以为它们不能达到理想的美，而中国画却正在这些题材上做功夫。他以为画是模仿自然，画的美来自自然美，而中国人则谓"古画画意不画物""论画以形似，见与儿童邻"。

莱辛以为画表现时间上的一顷刻，势必静止，所以希腊造型艺术的最高理想是恬静安息（calm and repose），而中国画家六法首重"气韵生动"。中国向来的传统都尊重"文人画"而看轻"院体画"。"文人画"的特色就是在精神上与诗相近，所写的并非实物而是意境，不是被动地接收外来的印象，而是熔铸印象于情趣。一幅中国画尽管是写物体，而我们看它，却不能用莱辛的标准，求原来在实物空间横陈并列的形象在画的空间中仍同样地横陈并列，换句话说，我们所着重的并不是一幅真山水、真人物，而是一种心境和一幅"气韵生动"的图案。这番话对于中国画只是粗浅的常识，而莱辛的学说却不免与这种粗浅的常识相冲突。

其次，说到诗，莱辛以为诗只宜于叙述动作，这因为他所根据的西方诗大部分是剧诗和叙事诗，中国诗向来就不特重叙事。

史诗在中国可以说不存在，戏剧又向来与诗分开。中国诗，尤其是西晋以后的诗，向来偏重景物描写，与莱辛的学说恰相反。中国写景诗人常化静为动，化描写为叙述，就这一点说，莱辛的话是很精确的。但是这也不能成为普遍的原则。在事实上，莱辛所反对的历数事物形象的写法在中国诗中也常产生很好的效果。大多数写物赋都用这种方法，律诗与词曲里也常见。我们随便就一时所想到的诗句写下来看看：

大漠孤烟直，长河落日圆。

——王维《使至塞上》

碧云天，黄叶地，秋色连波，波上寒烟翠。

山映斜阳天接水。芳草无情，更在斜阳外。

——范仲淹《苏幕遮》

一川烟草，满城风絮，梅子黄时雨。

——贺铸《青玉案》

疏影横斜水清浅，暗香浮动月黄昏。

——林逋《山园小梅》

枯藤老树昏鸦，小桥流水人家，古道西风瘦马。

夕阳西下，断肠人在天涯。

——马致远《天净沙》

在这些实例中，诗人都在描写物景，而且都是用的枚举的方法，并不曾化静为动，化描写为叙述，莱辛能说这些诗句不能在读者心中引起很明晰的图画吗？他能否认它们是好诗吗？艺术是变化无穷的，不容易纳到几个很简赅、固定的公式里去。莱辛的毛病，像许多批评家一样，就在想勉强找几个很简赅、固定的公式来范围艺术。

中国特色之律诗研究

闻一多

律诗为中国诗独有之体裁。

律诗能代表中国艺术的特质。

研究了律诗，中国诗的真精神，便探见着了。

闻一多 （1899—1946） *西南联大中文系教授*

本名闻家骅，字友三，湖北浠水人。中国现代诗人、学者、
民盟盟员、民主战士。曾先后担任武汉大学文学院院长、清
华大学国文系教授、西南联合大学中文系教授。出版有诗集
《红烛》《死水》等。

第一讲

定义

定义总是不可靠的。我这个律诗的定义，尤其不可靠。

我说："律诗是一种短练、紧凑、整齐、精严的抒情体的，合乎一种定格之平仄的五言或七言八句四韵或五韵诗——中间四句必为对仗。"前半解其性质是举其荦荦大者，还有许多元素没有包括在内；后半说其形式处，没有一条没有变例。所以这条定义表面上虽像是很蕴括的，其实也少不了要带些附注，才能信得过。且待看到下文，便知道了。

唐时凡近体诗皆为律诗。李汉编《昌黎集》，绝句都收入律诗。白香山《长庆后集》分格律二体，将古调、乐府、歌行编入格诗，凡六句律、排律，皆为律诗。绝句被斥到律诗范围之外不知始于何时。自高棅《唐诗品汇》因元微之李杜优劣论"铺陈终始，排比声韵"之语，遂创排律之名。排律与八句四韵律之分当从此始。我们以后凡说律诗即专指这八句四韵之五言、七言两类律诗。绝句与排律根本上性情本异，不得混合而论。六句律除太白、退之、香山偶为之，后人作之者绝少，亦可置勿论。

第二讲

溯源

律诗之名是唐朝沈佺期、宋之问们创的，但律诗的起源还要远些。远到什么时代，却不能明确地划出来，因为诗从古体变为律体，这个历程是潜隐而且漫渐的。然而精细地讨溯起来，蛛丝马迹，未尝全无线索可寻。

五律始于齐梁的"新体诗"，但这是说到这个时期，五律才神完体备了。在这以前其实早有个雏形的五律在那里日滋月长，渐臻成熟。这个雏形的征象至迟在魏晋人的作品中能找得出。律诗所以异于他种体裁的，只在其组织与声调。如今且就这两端分别考察之。

一、律诗的章的组织

诗至魏晋，组织已渐趋近体，只声律还没有调谐。排偶句法当然数见不鲜，如"日下荀鸣鹤，云间陆士龙"一联，不独对得精巧，而且声调亦全谐律体了。甚至有全诗章法，宛然律体——首尾各为起结，中间都是整整齐齐的律句。如魏张协的《杂诗》第二首：

> 朝霞迎白日，丹气临旸谷。
>
> 翳翳结繁云，森森散雨足。
>
> 轻风摧劲草，凝霜竦高木。
>
> 密叶日夜疏，丛林森如束。
>
> 畴昔叹时迟，晚节悲年促。
>
> 岁暮怀百忧，将从季主卜。

陆机、潘岳尤多这种作品。陆之《赠弟士龙》云：

> 行矣怨路长，恧焉伤别促。
>
> 指途悲有余，临觞欢不足。
>
> 我若西流水，子为东峙岳。
>
> 慷慨逝言感，徘徊居情育。
>
> 安得携手俱，契阔成骈服。

曹毗的《夜听捣衣》唯三四稍欠整饬，余亦尽合律体：

寒兴御纨素，佳人理衣襟。

冬夜清且永，皎月照堂阴。

纤手叠轻素，朗杵叩鸣砧。

清风流繁节，回飙洒微吟。

嗟此往运速，悼彼幽滞心。

二物感余怀，岂但声与音。

颜延之"镂金错彩"，可称这时的代表。读《夏夜呈从兄散骑车长沙诗》《车驾幸京口三月三日侍游曲阿后湖作》诸篇，可见其裁句之工整。《五君咏》阮步兵、嵇中散、向常侍三首不独章法恰合，而且是八句四韵。嵇中散一首又是押的平声韵，五六亦是纯粹的律句；"迕"字虽然失粘，却"洽"字救回了：

中散不偶世，本自餐霞人。

形解验默仙，吐论知凝神。

立俗迕流议，寻山洽隐沦。

鸾翮有时铩，龙性谁能驯。

此后谢惠连、鲍照间有此体，如谢之《西陵遇风献康乐》第二首、鲍之《箫史曲》，皆律体。到了谢朓才作得多了，集中全律体押平韵而且裁对工整者多至八首，共押仄韵及裁对未工者为二十七首。其后，这种作品几不胜数，如刘绘之《有所思》，简文帝之《折杨柳》，元帝之《咏阳云楼檐柳》《折杨柳》，沈约之《伤谢朓》，江淹之

《效阮公诗》第三首，任昉之《出郡传舍哭范仆射》第一首，柳恽之《捣衣诗》第二首、第四首，吴均之《主人池前鹤》，何逊之《临行与故游夜别》《慈姥矶》，王籍之《入若耶溪》，是其尤脍炙人口者。

二、律诗的句的组织

律诗的章的组织，前面已讲是颜延之完成的。律诗的句的组织，脱胎更早。盖卓文君的《白头吟》中已有：

> 皑如山上雪，皎若云间月。

苏武《留别妻》亦云：

> 欢娱在今夕，嬿婉及良时。

此实五言律句的萌芽。魏晋人铺用渐多，而裁对益整。于前录颜、谢、鲍诸作中，可以概见，然犹呆板生硬得很。如：

> 虎啸深谷底，鸡鸣高树巅。

> 南津有绝济，北渚无河梁。

百城各异俗，千室非良邻。

以上联都是勉强凑对，全无诗味，不过粗具偶句之间架而已。直到谢灵运的妙笔施以雕琢绘饰，然后"美轮美奂"，庶几邻于大成。

大谢纪游诸作其神工默运，摹画山水处，实开唐律声色之先河。观其名句如：

野旷沙岸净，天高秋月明。

池塘生春草，园柳变鸣禽。

崖倾光难留，林深响易奔。

云日相辉映，空水共澄鲜。

乃知其功候之深，亦即律诗的进化之又一进步也。

梁、陈、隋间人专工琢句。如张正见《后湖泛舟》"残虹收度雨，缺岸上新流"，《赋得白云临酒》"疏叶临嵇竹，轻鳞入郑船"，江总《赠洗马袁朗别诗》"露浸山扉月，霜开石路烟"，隋炀帝《悲秋》"鸟击初移树，鱼寒欲隐苔"，皆成名隽。章法既备，句法复成，律诗的进化之组织的一部分已经告毕了。

但专有组织不能称律诗，必更平仄谐稳，声调铿锵而后可。次论律诗的声调的进化。

三、五律的平仄

声调本包括平仄与韵法。律诗二、四、六、八句为韵（间亦有起句入韵者），是中国诗最古、最普通的韵法，不必赘论。兹专论平仄。

有句（单句）的平仄，有节（两句为一节）的平仄，有章的平仄。盖字与字相谐则句有平仄，句与句相谐则节有平仄，节与节相谐则章有平仄。单句的平仄兼见于古、近体，故勿论。唯两句相连，各相调谐，即谓节的平仄是也。古体中间有之，然较仅矣。节的平仄愈多，则古变近之征也。节节皆有平仄，且互相调谐，则全近体矣。

五言诗节的平仄，自五言诗体诞生之日便有了。苏武诗中：

> 四海皆兄弟，谁为行路人。

> 征夫怀往路，起视夜何其。

> 寒冬十二月，晨起践严霜。

之句，已经平仄妥帖了。不过这还是散句。律诗的特点在其对句，故论律诗的平仄当自对句节的平仄起。对句节的平仄，苏武的诗中也有了。如：

> 欢娱在今夕，嬿婉及良时。

一联便是。东汉辛延年的《羽林郎》中亦有数联:

　　长裾连理带，广袖合欢襦。

　　头上蓝田玉，耳后大秦珠。

　　男儿爱后妇，女子重前夫。

宋子侯的《董娇饶》中亦有一联:

　　秋时自零落，春月复芬芳。

　　谢榛曰:"建安之作，率多平仄稳帖，此声律之渐，而后流于六朝，千变万化，至盛唐极矣。"今观魏晋作品而果然。如曹植之:

　　行徒用息驾，休者以忘餐。

　　下录乃兼组织与声调而俱律者。其散句之音响入律者更不胜枚计。

　　边城多警急，胡骑数迁移。

　　始出严霜结，今来白露晞。

居欢惜夜促，在戚怨宵长。

丹唇列素齿，翠彩发蛾眉。

志士惜日短，愁人知夜长。

诗至陶潜，音节渐入流畅。往往有四五句相连，平仄不乱者。如《丙辰岁八月中于下潠田舍获》中之：

郁郁荒山里，猿声闲且哀。
悲风爱静夜，林鸟喜晨开。

又如《辛丑岁七月赴假还江陵夜行涂口》中之：

叩枻新秋月，临流别友生。
凉风起将夕，夜景湛虚明。

至如下列各联则亦全乎律句：

暮作归云宅，朝为飞鸟堂。

正尔不能得，哀哉亦可伤。

泛览周王传，流观山海图。

颜延之亦有同类的句子：

侧听风薄木，遥睇月开云。

立俗迕流议，寻山洽隐沦。

到了大谢，不独属对叶声之稳，而且见琢词运意之工。兹稍摘数
联以为例：

乱流趋正绝，孤屿媚中川。

长林罗户穴，积石拥阶基。

铜陵映碧涧，石磴泻红泉。
既枉隐沦客，亦栖肥遁贤。

攀崖照石镜，牵叶入松门。
三江事多往，九派理空存。

鲍照集中此类句子更不胜枚举。聊录数联，当举隅：

乱流灢大壑，长雾匝高林。

归华先委露，别叶早辞风。

蜀琴抽白雪，郢曲发阳春。

阴崖积夏雪，阳谷散秋荣。

其实鲍照已经将律体（组织与声调）完成了。其《箫史曲》除"长""雾""登"三字失粘，已经是纯粹的一首五言律：

箫史爱长年，嬴女吝童颜。
火粒愿排弃，霞雾好登攀。
龙飞逸天路，凤起出秦关。
身去长不返，箫声时往还。

谢朓有《奉和随王殿下》第十四首，只一个"金"字失粘，其余的平仄，比前一首，还要完全些：

分悲玉瑟断，别绪金樽倾。
风入芳帷散，缸华兰殿明。
想折中园草，共知千里情。
行云故乡色，赠此一离声。

梁简文帝的《折杨柳》只第六句二、四两字失粘：

> 杨柳乱成丝，攀折上春时。
>
> 叶密鸟飞碍，风轻花落迟。
>
> 城高短箫发，林空画角悲。
>
> 曲中无别意，并是为相思。

元帝的《咏阳云楼檐柳》只末句二、三、四字失粘：

> 杨柳非花树，依楼自觉春。
>
> 枝边通粉色，叶里映红巾。
>
> 带日交帘影，因吹扫席尘。
>
> 拂檐应有意，偏宜桃李人。

元帝又有《折杨柳》，吴均有《春咏》《主人池前鹤》及柳恽的《捣衣诗》第一、四首，皆有数字失粘。何逊的《慈姥矶》，平仄颇安，然三、四裁对尚不工整：

> 暮烟起遥岸，斜日照安流。
>
> 一同心赏夕，暂解去乡忧。
>
> 野岸平沙合，连山远雾浮。
>
> 客悲不自已，江上望归舟。

王籍的《入若耶溪》裁对工了，平仄还有毛病：

> 艅艎何泛泛，空水共悠悠。
> 阴霞生远岫，阳景逐回流。
> 蝉噪林逾静，鸟鸣山更幽。
> 此地动归念，长年悲倦游。

以后诸家作品甚多，都有微瑕。直到张正见的《关山月》才纯粹了：

> 岩间度月华，流彩映山斜。
> 晕逐连城璧，轮随出塞车。
> 唐蓂遥合影，秦桂远分花。
> 欲验盈虚理，方知道路赊。

梁刘勰曰："左碍而寻右，末滞而讨前，则声转于吻，玲玲如振玉；词靡于耳，累累如贯珠。"此即沈约所谓"前有浮声，后须切响"者是也。可知当时于声调一道，研究到很精细了。

四、七律的进化

律诗之发展，丝变毫移，初非旦夕之功。其始也，有句的组织，有章的组织，亦有句的声调，有节的声调，有章的声调，或隔代备体，或殊方创格；然后后起者掇拾前法，拼掇众制，初犹彼备此缺，前洽后乖，继乃渐臻纯粹，以成律体。正如沙中和丸，愈转愈大，愈转愈圆也。

大概到六朝，作诗不独为抒写性情，且成为一种艺术了。当时，虽然兵患频仍，究竟苦的只是平民；那些贵胄的奢靡，实为空前所未有。物质的享乐无极，艺术便因之而兴。从曹氏父子以至隋炀帝，中间的帝王公子鲜有不工吟咏者。于是文士才人，飙兴云集，会中于皇宫；君臣酬唱，蔚为奇观。这种情形，方之欧西，则法之路易十四时，庶几近之。盖艺术必茁于优游侈丽的环境中，而绮靡如律诗之艺术为尤然。

五律之源，既已溯矣，则七律不必缕论，因后者乃前者所茁之枝也。汉初《鸡鸣歌》曰：

曲终漏尽严具陈，月没星稀天下旦。

此七言律句之祖也。唐山夫人《安世房中歌》曰：

大海荡荡水所归，高贤愉愉民所怀。

亦七言律句之滥觞也。此后七言诗不可多见，间有之，率皆散行。鲍照的《拟行路难》中有句曰：

红颜零落岁将暮，寒光宛转时欲沉。

　　然在当时竞尚五言，七言垂绝之际，忽得此联，真凤毛麟角也。梁简文帝有《春情》一首，属对绝似七律，唯篇末杂以五言二句。至江总时，五律之体毕具，乃有《闺怨篇》，大似七言排律：

　　　　寂寂青楼大道边，纷纷白雪绮窗前。
　　　　池上鸳鸯不独自，帐中苏合还空然。
　　　　屏风有意障明月，灯火无情照独眠。
　　　　辽西水冻春应少，蓟北鸿来路几千。
　　　　愿君关山及早度，念妾桃李片时妍。

　　温子升之《捣衣》，王绩之《北山》，及陈后主之《听筝》，皆简文《春情》之类，兹不赘录。唯庾信之《乌夜啼》组织始全律体：

　　　　促柱繁弦非子夜，歌声舞态异前溪。
　　　　御史府中何处宿，洛阳城头那得栖。
　　　　弹琴蜀郡卓家女，织锦秦川窦氏妻。
　　　　讵不自惊长泪落，到头啼乌恒夜啼。

　　然其声律犹多未谐。至唐兴，宋之问、沈佺期等起而"研揣声音，浮切不差"，于是七律之体制，始大备矣。
　　盖历汉、魏、晋、宋，七言之制寥寥焉。齐、梁而还，作者渐众，七律之胚胎亦见于此时。曾几何时，递阅陈、隋以及初唐，而其体制，遂告大成；抑何其进化之速也！且七律之体，不成于五律之前，而成于其后，又岂偶然哉？吾故曰七律未尝独立而进化，盖实五律之苗枝耳。夫七律五律，仅句间字数不同，初未有他别。故五律之体既成，七律实亦在其中，二者固无异源之理也。然谓七律与古诗全无关系，则亦拘论。七律虽出自五律，然断不致全乎不受此前若断若继之七言古体之影响；至少，其七言之句格则固古诗之遗也。今将五律七律之源流，列为图式以醒目。

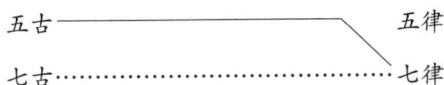

```
五古 ————————————————\        五律
七古 ·································· 七律
```

第三讲

组织

有句的组织，有章的组织。格律矩范悉求工整，此律诗之名之所由起也。

一、对仗

句指对仗句也。此乃律诗之发端。句的组织的正格是上联第一字对下联第一字，第二字对第二字，以此类推。

如：

> 绿垂风折笋，红绽雨肥梅。

蒹葭淅沥含秋雾，橘柚玲珑透夕阳。

然大家每以诡变出奇，于是有借对、扇对、就对诸法焉。借对之种类甚多，有借字音者，有借字义者。

借字音者如：

樽开柏叶酒，灯发九枝花。

根非生下土，叶不坠秋风。

高腾霄凤渚，下眄塞鸿宾。

次第寻书札，呼儿检赠诗。

厨人具鸡黍，稚子摘杨梅。

天子居丹扆，廷臣献六箴。

青门无外事，尺地是生涯。

白发不愁身外事，六幺且听醉中词。

此借"柏"作"百"以对"九"，借"下"作"夏"以对"秋"，借"渚"作"主"以对"宾"，借"第"作"弟"以对"儿"，借"杨"作"羊"以对"鸡"，借"六"作"绿"以对"丹"，借"尺"作"赤"以对"青"，又借"六"作"绿"以对"白"也。

借字义者如：

羊肠连九阪，熊耳对双峰。

"熊耳"本山名，此则借"熊"以对"羊"，借"肠"以对"耳"，取其字之义也。

又如：

崩石欹山树，清涟曳水衣。

"水衣"本藻名，此则借其字之义，以"水"对"山"，以"衣"对"树"。

又如：

此日六军同驻马，当时七夕笑牵牛。

"七夕"是专名，"六军"是泛名，对其字之义也；"牵牛"亦一专名，"驻"为动词，"马"为泛名词，对以"牵"与"牛"，亦取其字之义。

他如：

　　身带霜威辞凤阙，口传天语到鸡林。

　　千寻铁锁沉江底，一片降幡出石头。

"鸡林""石头"皆地名，此借其字义以对"凤阙""江底"。

　　对雪夜穷黄石略，望云秋计黑山程。

"黄石"人名，"黑山"山名，不当为对，对其字之义也。

　　身无彼我那怀土，心会真如不读经。

"真如"佛语也，"谓实体实性而永久不变之真理"，以对"彼我"，又借其字之义耳。

又如杜诗：

　　酒债寻常行处有，人生七十古来稀。

一联亦属此类。刘熙《释名》谓："八尺曰寻，倍寻曰常。"是"寻常"亦数目字，故能借以对"七十"。

王安石诗：

自喜田园安五柳，但嫌尸祝扰庚桑。

《石林诗话》谓："'庚'亦自是数，盖以十干数之也。"故得借之以对"五"。

律诗中又有所谓扇对者：三与五对，四与六对也。此法白居易常用之，然后世治之者甚少。

例如：

新篇日日成，不是爱声名。
旧句时时改，无妨悦性情。

又如：

我随鹓鹭入烟云，谬上丹墀为近臣。
君同鸾凤栖荆棘，犹著青袍作选人。

就对者，就本句中自以为对也。有字与字为对者，有词与词为对者。

字与字为对者如：

气色皇居近，金银佛寺开。

四十明朝过，飞腾暮景斜。

身无彼我那怀土，心会真如不读经。

都缘桂玉无门住，不算山川去路危。

等闲遇事成歌咏，取次冲筵隐姓名。

不知者将谓"气色"断难对"金银"，"四十"更不能对"飞腾"。岂知此处"气"对"色"，"金"对"银"，"四"对"十"，"飞"对"腾"哉？余皆以此类推。

词与词对者如：

才归龙尾含鸡舌，更立螭头运兔毫。

桃花细逐杨花落，黄鸟时兼白鸟飞。

九陌尘埃千骑合，万方臣妾一声欢。

一枝一影寒山里，野水野花清露时。

鸟去鸟来山色里，人歌人哭水声中。

银台直北金銮外，暑雨初晴皓月中。

乱山孤店雁声晚，一马二童溪路秋。

此则"龙尾"对"鸡舌"，"螭头"对"兔毫"。余以类推。

李商隐有《当句有对》一诗，则通首皆用就对法者：

密迩平阳接上兰，秦楼鸳瓦汉宫盘。

池光不定花光乱，日气初涵露气干。

但觉游蜂饶舞蝶，岂知孤凤忆离鸾。

三星自转三山远，紫府程遥碧落宽。

大凡对仗，骈字俪词而已。至于全句之义，对与不对，无关系也。

如：

树头蜂抱花须落，池面鱼吹柳絮行。

感时花溅泪，恨别鸟惊心。

此字对词对而兼对全句之义者也。

今君度沙碛，累月断人烟。

亲朋尽一哭，鞍马去孤城。

乐哉容膝地，著此曲肱翁。

中秋云尽出沧海，半夜露寒当碧天。

青云满眼应骄我，白发浑头少恨渠。

睫在眼前长不见，道非身外更何求。

身事未知何日了，马蹄唯觉到秋忙。

岂意青州六从事，化为乌有一先生。

请看行路无从涕，尽是当年不忍欺。

岂知鹤发残年叟，犹读蝇头细字书。

上列各联，意皆直贯，而非并列，然字面词面则犹对偶也。
苏轼有一联，虽为古诗，然最能代表这种句的组织法：

守子不贪宝，完我无瑕玉。

至于对字对词有一即可。

如：

千寻铁锁沉江底，一片降幡出石头。

贝多纸上经文动，如意瓶中佛爪飞。

前联字对而词不对，后联词对而字不对。
若：

前生自是卢行者，后学过呼韩退之。

则词字兼对者也。

二、章的边帧

八句为一章，此律诗之定格也。

汪师韩曰："《三百篇》之诗，章八句者为多，此外则十二句为止耳。唐律限以八句，虽体格非古，不可谓非天地自然之节奏也。风雅之诗，独《宾之初筵》一诗有多至章十四句者……孔疏所谓'直言写志，不必殷勤'者也。近有作诗话者，谓齐、梁以来，乐府限以八句，不复有咏歌嗟叹之意。夫齐、梁以来乐府，固是不如汉、魏。然其所以不如者，岂八句之谓？"

律诗乃抒情之工具，宜乎约辞含意，然后句无余字，篇无长语，而一唱三叹，自有弦外之音。抒情之诗，无中外古今，边帧皆极有限，所谓"天地自然之节奏"，不其然乎？故中诗之律体，犹之英诗之"十四行诗"（sonnet）不短不长实为最佳之诗体。律诗八句为一章，取数之八，又非无谓。盖均齐为中国艺术之特质，八之为数，最均齐之数也。

然律诗亦有六句便成一首者。李白《送羽林陶将军》云：

> 将军出使拥楼船，江上旌旗拂紫烟。
> 万里横戈探虎穴，三杯拔剑舞龙泉。
> 莫道词人无胆气，临行将赠绕朝鞭。

此为六句律诗之始。以后唯白居易最多，如《寒闺夜》《县西郊秋寄赠马造》《留题郡斋》《感芍药花寄正一上人》《提孤山寺石榴花示诸僧众》《卢侍御小妓乞诗座上留赠》，皆用此体。《昌黎集》中亦间有之，如《李员外寄纸笔》云：

> 题是临池后，分从起草余。
> 兔尖针莫并，茧净雪难如。
> 莫怪殷勤谢，虞卿正著书。

此又五言之六句律体诗也。

三、章的局势

律诗之最正当的局势为颈腹两联平行并列，首尾各作一束。若以图式如下形：

盖起首及收尾的两句实是两读；须两读相合，才能完成一个意思——才能算一个整句子。

例如杜审言《和晋陵陆丞早春游望》起以：

> 独有宦游人，偏惊物候新。

结以：

> 忽闻歌古调，归思欲沾襟。

这都是两读合说一意，拆开便不成语。至于其中两联：

> 云霞出海曙，梅柳渡江春。
> 淑气催黄鸟，晴光转绿蘋。

便是平行并列，各自成句了。

七言中如杜牧的《街西长句》：

碧池新涨浴娇鸦，分锁长安富贵家。

游骑偶同人斗酒，名园相倚杏交花。

银鞦騕褭嘶宛马，绣鞅璁珑走钿车。

一曲将军何处笛，连云芳草日初斜。

又如陆游的《初秋骤凉》：

我比严光胜一筹，不教俗眼识羊裘。

沧波万顷江湖晚，渔唱一声天地秋。

饮酒何尝能作病，登楼是处可消忧。

名山海内知何限，准拟从今更烂游。

都是好例，上列各例为律体的正格。然亦有变格，种类甚多，有一二为对者，如杜甫的《奉和贾至舍人早朝大明宫》：

五夜漏声催晓箭，九重春色醉仙桃。

又如李商隐的《牡丹》则起句入韵又与二为对者：

锦帏初卷卫夫人，绣被犹堆越鄂君。

有七八为对者，即杜甫的《闻官军收河南河北》：

即从巴峡穿巫峡，便下襄阳向洛阳。

又有通首皆对者，如苏轼的《舟行至清远县见顾秀才极谈惠州风物之美》：

到处聚观香案吏，此邦宜著玉堂仙。
江云漠漠桂花湿，海雨翛翛荔子然。
闻道黄柑常抵鹊，不容朱橘更论钱。
恰从神武来弘景，便向罗浮觅稚川。

又有三四不对者，五律如李白的《夜泊牛渚怀古》：

牛渚西江夜，青天无片云。
登舟望秋月，空忆谢将军。
余亦能高咏，斯人不可闻。
明朝挂帆席，枫叶落纷纷。

又如杜甫的《月夜》，孟浩然的《与诸子登岘山》，都属此体。
七律如崔颢的《黄鹤楼》：

昔人已乘黄鹤去，此地空余黄鹤楼。

黄鹤一去不复返，白云千载空悠悠。

晴川历历汉阳树，芳草萋萋鹦鹉洲。

日暮乡关何处是？烟波江上使人愁。

　　然第五六则未有不对者。唯白居易有通首不对，但平仄甚调者自编在律诗中。如《重题西明寺牡丹（时元九在江陵）》云：

往年君向东都去，曾叹花时君未回。

今年况作江陵别，惆怅花前又独来。

只愁离别长如此，不道明年花不开。

　　然白之外，绝少人作，不当列为律体。

　　总观上述的句的组织及章的组织，其共同的根本原则为均齐。作者尽可变化翻新，以破单调之弊，然总必须在均齐的范围之内，如此则于"均齐中之变异"一律始相吻合。夫既择作律体，则已承认将作均齐之艺术，犹言自甘承受均齐律之镣锁；乃复擅用散句，置诗律于不顾，是则自相矛盾也。若诚嫌律体之缚束，则迳作古体可耳。况抒情之作，不容不用律体，自大有道理在也！

第四讲

音节

音节包括三部分：一为逗，一为平仄，一为韵。

一、逗

分逗之法本无甚可研究者，是以前人从未道及。唯其功用甚大，离之几不能成诗，余故特细论之。

魏来（Arthur Waley），一个中诗的译家，说中诗的平仄等于英诗的浮切（stress）——平为浮音（unaccented syllable），仄为切音（accented syllable）。但在英诗里，一个浮音同一个切音即可构成一个音尺，而在中诗里，音尺实是逗，不当与平仄相混。例如：

春水　船如　天上坐

其天然的音尺为"春水"一尺，"船如"一尺，"天上坐"又一尺。其切音在"春""船""天""坐"四字上。但其平仄的位置则迥异：

春水船如天上坐

此则当读如"平仄平平平仄仄"，与上之"浮切浮切浮切浮"，显难印合。观此已可知平仄之非音尺也。且音尺必有一律之长度，而每句之音节又须有一律之数目；今于平仄中，绝无规律可寻。若按英诗iambictrimeter以定平仄，则平仄又乱：

= 浮切

= 平仄

然则平仄既不能合于浮切之音响，又无整齐之节奏。其非浮切之类，无疑矣。

大概音尺（即浮切）在中诗当为逗。"春水""船如""天上坐"实为三逗。合逗而成句，犹合"尺"（meter）而成行（line）也。逗中有一字当重读，是谓"拍"。"春""船""天""坐"着拍之字也。

至于平仄，乃中诗独有之物；因四声亦唯中国文字所独具，平仄出于四声者也。平仄出于声，而浮切属于音。声与音判若昼夜，是以魏来之说，牵强甚矣。

中国诗不论古近体，五言则前两字一逗，末三字一逗；七言则前四字每两字一逗，末三字一逗。五言的拍在第一、三、五字；七言在第一、三、五、七字。凡此皆为定格，初无可变通者。韩愈独于七古句中，颠倒逗之次序，以末之三字逗置句首，以首之二字逗置句末，实为创法，然终不可读。如《送区弘南归》之：

落以斧，引以 縆徽。

子去矣，时若 发机。

又如《陆浑山火和皇甫湜用其韵》之：

溺厥邑，囚之 昆仑。

真不堪入耳矣。古诗尚不能如此，况律诗乎？盖节奏实诗与文之所以异，故其关系于诗，至重且大；苟一紊乱，便失诗之所以为诗。

二、平仄

然则如此固定之节奏，不嫌单调乎？曰：然。但非无救济之法。

救济之法唯何？平仄是也。

前既证明平仄与节奏，不能印合，且实似乱之者。诚然，乱之，正所以杀其单调之感动耳。盖如斯而后始符于"均齐中之变异"之律矣。

平仄之功用犹不止此。最完全的平仄——律诗的平仄，是一个最自然的东西。从来不知诗的人，你对他讲了"平平仄仄平平"，差不多他自己会替你续下去"仄仄平平仄仄平……"所以若讲了头句"平平仄仄仄平平"，第二句若不是"仄仄平平仄仄平"，听起来便很不顺耳。

因为讲了头句，依着自然的趋势，你当然企望第二句，果然得不着第二句，或得着了又错了一二字，你的企望大失，便起了一种"不快感"。人的官能有一种"感觉之流"。"感觉之流"被阻滞，就是神经在没预备时忽受一个袭击，以致神经的平均冲坏，而起不快之感。大概平仄中定有一个天然律，与人的听觉适合，所以厌应人的感觉的企望而生愉快。但这是一个什么律，他是怎样合于听众的，尚待研究。

平仄不独见于句间，尚有节（两句为一节）的平仄及章的平仄，字与字相谐则句有平仄，句与句相谐则节有平仄，节与节相谐则章有平仄。句合而节离，节谐而章乖，皆足以乱音节。句的平仄易明也。若上句合而下句离，则节无平仄。如庾信《咏画屏风诗》：

路高山里树，云低马上人。

以句而论，"云低马上人"平仄谐矣。然上句既为"仄平平仄仄"，接以"平仄仄平平"，斯为不翻。必欲保下句之"平平仄仄平"，则须易上句为"仄仄平平仄"。又若全章四节时离时合，则章之平仄乱矣。如江总的《并州羊肠坂》：

三春别帝乡，五月度羊肠。

本畏车轮折，翻嗟马骨伤。

惊风起朔雁，落照尽胡桑。

关山定何许，徒御惨悲凉。

"关山……"一节，以节而论，非不谐律。唯置于此处，则当易"平平仄平仄，平仄仄平平"为"平仄平平仄，平平仄仄平"。

律诗的平仄，据王渔洋的《律诗定体》，分为四种：（一）仄起不入韵，（二）仄起入韵，（三）平起不入韵，（四）平起入韵。原书辨之甚详，兹不赘述。渔洋尝说："律句只要辨一三五，俗云一三五不论，怪诞之极，决其终身必无通理。"研究声律者，此当注意。

七律有所谓拗体者别为一体。如：

郑县亭子涧之滨。

独立缥缈之飞楼。

之类是也。杜甫最多此类，专用古体，不谐平仄。中唐以后，则李商隐、赵嘏辈创为一种，以第三、第五字平仄互易。

如：

溪云初起日沉阁，山雨欲来风满楼。

残星几点雁横塞，长笛一声人倚楼。

之类，别有击撞波折之致。至元好问又创一种，在第六字。

如：

来时珥笔夸健讼，去日攀车余泪痕。

太行秀发眉宇见，老阮亡来樽俎闲。

之类，集中不可枚举。然后人习用者少。拗体偶尔用之，亦见新颖，但不可滥耳。

三、韵

律诗韵法简单。第二、四、六、八句必着韵脚。有起句入韵者，亦有起句不入韵者。故每章多则五韵，少则四韵。

通韵之法，独非古诗所有，律诗亦然，盖自唐已如是矣。所通之韵以东、冬、鱼、虞为尤多。

如苏颋《出塞》五律乃微韵，次联用"麾"字，则支韵也。杜甫《崔氏东山草堂》七律乃真韵，三联用"芹"字，则文韵也。刘长卿《登思禅寺上方题修竹茂松》五律乃东韵，三联用"松"字，则冬韵也。戴叔伦《江乡故人偶集客舍》五律乃冬韵，三联用"虫"字，则东韵也。间丘晓《夜渡江》五律乃覃韵，次联用"帆"字，则咸韵也。魏兼恕《送张兵曹赴营田》五律乃东韵，首联用"农"字，则冬韵也。耿湋《游钟山紫芝观》五律乃冬韵，首联用"风"字，则东韵也。释澹交《望樊川》五律乃冬韵，首联用"中"字，则东韵也。

至如李贺《追赋画江潭苑》五律杂用"红""龙""空""钟"四字，此则开后人辘轳进退之格，诗中另为一种矣。其东韵之有"宗"字，鱼韵之有"胥"字，必是唐人原是如此，非属通韵。如耿湋《诣顺公问道》五律之末联，王维《和仆射晋公扈从温汤》长律之第八联，杨巨源《春日奉献圣寿无疆词》长律其五之末联，司空曙《奉和常舍人晚秋集贤院即事寄徐薛二侍郎》长律之第三联，俱用东韵而有"宗"字。（李白《鹦鹉洲》一章乃庚韵而押"青"字。此诗《唐文粹》编入七古，后人编入七律。其体亦可古可今，要皆出韵也。）唐律第一句多用通韵字，盖此句原不在四韵之数。是谓之"孤雁入群"，然不可通者，亦不用也。

凡前所举者皆通韵之泛用者。郑谷与僧齐己等始共定律诗通韵之定格三种：一曰葫芦，一曰辘轳，一曰进退。此则所谓"变异中之均齐"也。葫芦格者先二后四，辘轳格者双出双入，进退格者一进一退也。

黄庭坚《谢送宣城笔》云：

宣城变样蹲鸡距，诸葛名家捋鼠须。
一束喜从公处得，千金求买市中无。
漫投墨客摹科斗，胜与朱门饱蠹鱼。
愧我初非草玄手，不将闲写吏文书。

此诗前二联押七虞，后二韵押六鱼；所谓双出双入者，辘轳韵也。

苏轼《南康望湖亭》曰：

八月渡长湖，萧条万象疏。
秋风片帆急，暮霭一山孤。
许国心犹在，康时术已虚。
岷峨家万里，投老得归无。

此诗以鱼、虞二韵相同而押，所谓一进一退也。

《清波杂志》谓东坡自跋律诗可用两韵而引李诚之《送唐子方》两押“山”“难”字为证，不知诚之所用者进退格耳。

《缃素杂记》谓郑谷进退格两韵押某韵，两韵又押某韵，如先押十四寒两韵，再押十五删两韵也。然此体是双出双入，而非一进一退。

又元人律诗多用进退格者。如元好问《望王李归程》乃"虞"韵，中联用"徐"字，《寄杨飞卿》乃"冬"韵，中联用"虫"字；《华不注山》乃"删"韵，末联用"寒"字；虞集《还乡》乃"支"韵，末联用"如"字；萨都剌五言如《寄石民瞻》用"庚""青"，七言如《酌桂芳庭》之用"青""蒸"，五言《寄王御史》乃"真"韵，而首联用"垠"，七言《病中夜坐》乃"文"韵，而末联用"喧"。又如杨廉夫《益府白兔》用"寒""删"，《出都》其二用"支""微"，《乔夫人鼓琴》用"庚""青"，皆进退格也。

辘轳、进退诸格终须就可通之韵通之，否亦不可滥用。通韵昔本无规则，自此诸格成，而诗律乃愈析愈细，愈变愈奇。诗家之欲艺术化律诗之体，盖无孔不入矣。

第五讲

作用

戏曲诗（dramatic）中国无之。叙事诗（epic）仅有且无如西人之工者。抒情诗（lyric）则我与西人，伯仲之间焉。如叙焦仲卿夫妇之事，盖非古诗莫办，故古诗叙事之体也。至于抒情，斯唯律诗。厥理有四，请述之。

一、短练的作用

抒情之作，宜短练也。比事兴物，侧托旁烘，"不着一字，尽得风流"，斯为上品。盖热烈之情感，不能持久，久则未有不变冷者。形之文辞其理亦然。

《三百篇》风雅之什多不过章十四句，少则八句；八句者什六七焉。古诗谣中恬淡如《击壤歌》；庄雅如《卿云歌》，《禹玉牒辞》；悲楚如杞梁殖妻《琴歌》，《易水歌》，《箜篌引》（"公无渡河"），《悲歌》（"悲歌可以当泣"）；旷达如《大人先生歌》；写情如《北方有佳人》；写景如《敕勒歌》，皆不过落落数语耳，然终为千古绝调。

孔颖达曰："直言写志，不必殷勤。"夫岂唯不必？是殷勤不得，殷勤徒损其言之价值耳。盖情则如是之多，铺延之以增其长度则密度减，缩之以损其长度则密度增。抒情之诗旨在言情，非为炫耀边幅，故宁略其词以浓其情。

律诗之体制章才八句，七言不过五十六字，五言仅四十字耳。古诗嫌其长，绝句病其短；唯此适中，抒情之妙具也。

二、紧凑的作用

抒情之作，宜紧凑也。既能短练，自易紧凑。王渔洋说，诗要洗刷得尽；拖泥带水，便令人厌观。边幅有限，则不容不字字精华，榛芜尽芟。繁词则易肤泛，肤泛则气势平缓，平缓之作，徒引人入睡，焉足以言感人哉？

艺术之所以异于非艺术，只在其能以最经济的方便，表现最多量的情感，此之谓也。

何以知律诗之体裁之具有紧凑之质哉？此当取排偶句——律诗之特点——考察之。凡排偶之句总宜摈弃虚字，而以名、动、形容、状等词构之。盖虚字无意义，何以属对？实字则易于骈物比事矣。

五更鼓角声悲壮，三峡星河影动摇。

香稻啄余鹦鹉粒，碧梧栖老凤凰枝。

九天阊阖开宫殿，万国衣冠拜冕旒。

金蟾啮锁烧香入，玉虎牵丝汲井回。

永忆江湖归白发，欲回天地入扁舟。

万顷烟波鸥境界，九秋风露鹤精神。

乱山孤店雁声晚，一马二童溪路秋。

这些都是最能代表律诗的句法，在律诗中要占十之八九。
其余像下例的这类句法，究竟少见。

求之流辈岂易得，行矣关山方独吟。

公独未知其趣尔，臣今时复一中之。

大冠长剑已焉哉，短褐秃巾归去来。

我本疏顽固当尔，子犹沦落况其余。

温纯如此岂复见，报施言之尤可疑。

倦客再游行老矣，高僧一笑故依然。

宋人一味想翻新出奇，别开蹊径，所以创出这种非驴非马的句格。说他是诗，他"之乎者也"地凑合一堆，尝来了无诗味；说他是文，他又对仗声响，俨然不差。还有人想用虚字想迫了，便将带虚字的人名嵌进句子里，这样把虚字当了实字，便容易驾驭得多了。例如：

前生自是卢行者，后学过呼韩退之。

牧之宏放见文笔，白也风流余酒樽。

两联便是。然就此也可见律句里运用虚字是极不自然的。律诗里一个字要当几个字用，所以只字半词都是珍贵的，哪可容人"之乎者也"地浪费边帧呢？

律句里如上举"金蟾……"一联本云，"金蟾啮锁虽固而烧香犹得入其内，井水虽深而玉虎亦能牵丝而汲回之"。是本有虚字甚多，不过作者欲其辞密而意深，乃故将虚字删掉。不然不值钱的虚字谁还不会用呢？如今有人反故避实字，强凑虚字以成句，在他们以为钩心斗角、自喜新奇，我却说是嗜痂转丸、"拂人之性"。

律诗往往一首中包括无数的意思。古诗叙事之作，性质本殊，无论矣。绝句限于字数往往不能不就一事说一事，就一感说一感。律诗则不然，发念虽一，而抽绪多端。作者每一动念，其所寄慨者辄蝉联珠贯，凡吊吉、伤时、感年、叹遇、思亲、怀土，千头万绪，莫不续起。

例如老杜之《公安送韦二少府匡赞》末节云：

> 时危兵革黄尘里，日短江湖白发前。
> 古往今来皆涕泪，断肠分手各风烟。

此真所谓"对此茫茫，百感交集"者也。他如杜之《阁夜》《黄草》《野望》《愁》，皆此之类也。李商隐咏史诗竟有一句说一事者，则亦紧凑之一种也，例如《南朝》《隋宫》《随师东》诸作便是。盖白描直叙便词繁而犹晦，用典正能免此病。是以律诗之用典乃谋紧凑之最妙法门耳，无可厚非哉？

请观义山之《随师东》乃益喻：

> 东征日调万黄金，几竭中原买斗心。
> 军令未闻诛马谡，捷书惟是报孙歆。
> 但须鸑鷟巢阿阁，岂假鸱鸮在泮林。
> 可惜前朝玄菟郡，积骸成莽阵云深。

刘勰曰："明理引乎成辞，征义举乎人事。"此之谓也。

三、整齐的作用

抒情之作，宜整齐也。律诗之整齐之质于其组织、音节中兼见之。此均齐之组织，美学家谓之节奏（rhythm）（斯宾塞谓复现即 repetition 的原理是节奏的基础。参阅《诗的音节的研究》）。法人居约（Guyau）于其《现代之美学问题》（*Les Problèmes de L'Esthéique Contemporaine*）里讲道："理想的诗（专指其声律讲）可以释为一切情感的思想所必造的形体。"

感情之起，实赖节奏有以激荡之。他由接济"心体机关"（Psycho-Physical Organism）的震动以刺激情感使现于感觉。故虽至原始的艺术，只要他具有节奏之一质，便能感人。然情感有时达于烈度至不可禁。至此情感竟成神经之苦累。均齐之艺术纳之以就矩范，以挫其暴气，磨其棱角，齐其节奏，然后始急而中度，流而不滞，快感油然生矣。

华兹华斯（Wordsworth）曰："惊变是脑筋的一个非常仅见之情势……若有一中节之物的同在……自不能不收调剂与节制情感之伟效。"因此悲剧入诗，不独较散文为可耐，且能发生快感焉。

盖始则激之使急，以高其度，继又节之使和，以延其时。艺术之功用，于斯备矣。律诗言情摅怨，从无发扬蹈厉之气而一唱三叹，独饶深致。盖以杜甫、陆游、元好问诸家每多此境。

四、精严的作用

抒情之作，宜精严也。精严之质与整齐有密切关系。艺术之格律不妨精严，愈精严则艺术之价值愈高。

美原是抽象的感觉，必需一种工具——便是艺术——才能表现出来。工具越精密，那美便越表现得明显而且彻尽。诗之有借于格律音节，如同绘画之借于形色线。一方面形色线或格律、音节虽然似能碍窒绘画或诗的美的充分之表现，其实他方面这些窒碍适以规范而玉成其美之表现。这个道理可以用席勒的游戏冲动说解明之。

人的精力除消费于物质生活的营求之外，还有余裕。要求生活得绝对的丰赡，这个余裕不得不予以发泄，其发泄的结果便是游戏与艺术。可见游戏、艺术同一泉源，亦可说是一而二、二而一。下棋打球不能离规则，犹之作诗不能废格律。格律越严，艺术越有趣味。

欧阳修说韩愈"得窄韵则不复傍出，而困难见巧，愈险愈奇……"又把用韵比作驭车，用窄韵便是"水曲蚁封，疾徐中节，而不少蹉跌……"

我说诗家作律诗，驰骤于律林法网之中，而益发意酣兴热，正同韩信囊沙背水，邓艾缒兵入蜀一般的伎俩。

佩里（Bliss Perry）说得好："差不多没有诗人承认他们真正受缚于篇律。他们喜欢戴着脚镣跳舞，并且要带着别个诗人的镣跳。"可知格律是艺术必须的条件。实在艺术自身便是格律，精缜的格律便是精缜的艺术。故曰律诗的价值即在其格律也。然则格律精严何以适于抒情哉？

盖热烈的情感的赤裸之表现，每引起丑感。莎士比亚之名剧中，每到悲惨至极处，使用韵语以杀之。歌德作《浮士德》时也发明了这点，曾于其致席勒的信里说过了的。

韩愈《元和圣德诗》叙刘辟被擒，全家就戮的情景曰：

> 解脱挛索，夹以砧斧。婉婉弱子，赤立伛偻。
>
> 牵头曳足，先断腰膂。次及其徒，体骸撑柱。
>
> 末乃取辟，骇汗如写。挥刀纷纭，争刌脍脯。

苏辙谓其少蕴藉，殊失雅颂之体。假使退之用了律体来形容这段故事，我包他不致得这样的结果，令人发戴齿紧，不敢再读。因为精严的艺术能将丑恶的实象普遍化了，然后读者但觉其为人类同有的一个抽象的经验即一个概念，而非为某人某地确有的事实，自然不觉其如彼之可嫌可怕也。杜甫诗曰：

> 晚节渐于诗律细。

这正是他功夫长进的宣言呵！

综观上述抒情诗所必需之四条件，律诗都有了。律诗实是最合艺术原理的抒情诗文。英文诗体以"商籁"为最高，以其格律独严也。然同我们的律体比起来，却要让他出一头地。

第六讲

辨质

　　研究中国诗的，只要把律诗的性质懂清了，便窥得中国诗的真精神了。其余如古诗、绝句、乐府，都可不必十分注意。因为一则律诗是中国诗独有之体裁，二则他能代表中国艺术的特质，三则他兼有古诗、绝句、乐府的作用。

一、中诗独有的体制

　　（一）别种体裁的诗在西方的文学中都可找出同类，只有律诗不能。别种诗都可翻译，律诗完全不能。他的意义有时还译得出，他的艺术——格律音节，却是绝对不能译的。律体的美——其所以异于别种体制者，只在其艺术。这要译不出来，便等于不译了。英诗"商籁"颇近律体，然究不及。

（二）律诗的体格是最艺术的体格。他的体积虽极窄小，却有许多的美质拥挤在内。这些美质多半是属于中国式的。律体在中国诗中做得最多，几要占全体的半数。他的发展最盛时是在唐朝——中国诗最发达的时代。他是中国诗的艺术的最高水涨标。他是纯粹的中国艺术的代表，因为首首律诗里有个中国式的人格在。

二、均齐

若如西人所说建筑是文化的子宫，那么诗定是文化的胚胎。中国艺术中最大的一个特质是均齐，而这个特质在其建筑与诗中尤为显著。中国的这两种艺术的美可说就是均齐的美——即中国式的美。

因为地理上中国的山川形势是极整齐的。我们的远祖从中亚细亚东徙而入中原，看见这里山川形势，位置整齐，早已养成其中正整肃的观念。加以其气候温和，寒暑中节，又铸成其中庸的观念。中庸原是不偏不倚之谓，其在空间，即为均齐。原来人类的种种意象——观念——盖即自然的种种现象中所悟出来的。

我们的先民观察了整齐的现象，于是影响到他们的意象里去，也染上整齐的色彩了。这个意象的符号便是《易经》里的八卦。他表现于智、情、意三方面的生活，便成我们现有的哲学、艺术、道德等理想；我们的真、美、善的观念之共同的元素（即其所以发育之细胞核）乃是均齐。如今便就这三方面次第论之。

（一）我们的形而上学当然以《易经》为总汇。他的道理都是从阴阳（或曰乾坤、刚柔）两个原力变化出来的。《易经》所谓"两仪""四象""八卦"，其数皆双，双是均齐的基本元素。"正""负"之名亦见于西方，但究不如中国的"阴""阳"用得普遍，便是中国的道术、医理等艺也都是傍着这两个字演出来的。《易经》理不独是整齐，而且是有变异的整齐；这也可于八卦里看得出。

（二）中国的伦理观念也不出均齐的范围。梁漱溟先生讲："孔子的伦理实寓有他所谓絜矩之道在内。父慈子孝，兄友弟恭，总使两方面调和而相济，并不是专压一方面的……"梁任公先生以"相人偶"来解释"仁"字，同这个意思正合。两家的说法都与均齐之义相联。至中庸主义，前已稍论。孔子赞美大舜说："执其两端，用其中于民。"又说："我叩其两端而竭焉。"又曰："攻乎异端，斯害也已。"这都讲道德的真理必须从两端推寻出来，这样看来，中国的伦理也是脱胎于均齐之观念的，所以可说是均齐的伦理。

（三）《易经》曰："以制器者尚其象。"种种器物原来不过是前述的"意象"的具体的仿本。艺术就广义而言，本概括一切人为之物，所谓"器"者是也。我们知道均齐的美在中国艺术品中表现得最圆满，这个无非因为均齐的观念浸透了中国人的脑筋。

举一个最寻常的例。走进随便一个人家庭堂上去，总可看见那里的桌椅字画同一切供设的器物总是摆得齐齐整整的，左边一个，右边一个，毫不紊乱；而且这些器物又多半是正方形的。更大的像房屋亭阁的布置同形体也都是这样的。所以我在前边说中国建筑同诗最能代表均齐之质。

再看中国字的形体又是方的，而均齐者几居三分之二。在篆文里这种原质尤为显明，如：

死 山 火 阴 鲞 内 艸 北 古 肉

其在文学，律诗正是这个均齐的观念的造型。至于律诗之体制，在形式上，在意义上，何以无一部分不合均齐的原理，则已具论在前。还有律诗于均齐中复含有变异之一点，亦已散见于上文，今皆不赘述。

综观上述，均齐是中国的哲学、伦理、艺术的天然色彩，而律诗则为这个原质的结晶，此其足以代表中华民族者一也。

三、浑括

中国幅员广大，兼占寒、温、热三带，形形色色的财产，无不毕备。众族杂处，其风俗语言，虽各各不同，然亦非过于悬殊以演成水火不相容之局。在全体上他们是有调和的，但在局部上他们又都能保其个性。

譬如一样颜色，或许多颜色浑合太过致变为黑色，固然不能成画；但有了许多颜色而各不相调，也是不会美观的。中国的地图是许多相调和的颜色染成的一个 symphony。律诗也是如此的。前面已证明律诗具有紧凑之质，既说紧凑，则其内含之物必多。然律诗不独内含多物，并且这些物又能各相调和而不失个性。如今且将杜甫的《野望》借来剖析证验一番：

> 西山白雪三城戍，南浦清江万里桥。
> 海内风尘诸弟隔，天涯涕泪一身遥。
> 惟将迟暮供多病，未有涓埃答圣朝。
> 跨马出郊时极目，不堪人事日萧条。

此诗内计所感到者，有兵患、旅愁、怀弟、惜老、愁病、伤遇，凡六事。事事不同，而其钥音（key note）则不外篇末"萧条"二字而已。此调和而不失个性之谓也。盖绝句只单记一事一感，则未免单调之病。必能如律诗这样的浑括，然后始能言调和也。此其所以能代表吾中华民族者二也。

四、蕴藉

艺术之于自然，非求抉剔其微琐，一一必肖于真，如摄影者然。盖在摄取其最精华处而以最简单的方法表现之。此所谓提示法也。局面既窄，而含意欲多，是则不能无赖于提示也。提示则有蕴藉，蕴藉者"不著一字，尽得风流"之谓欤。

律诗的句法每为骈列数字，其间相互的关系，须读者自揣，故自表面观之，不识者或以为无意识也。不知此正其品格之高处也。此可以印象派之画理解释之，兹不细论。

尝谓新体诗——白话诗——之所以不及旧诗处，此为大端。然则何以知蕴藉之质之合于中国国民性哉？此亦不待烦言而自解。

吾人皆知中国人尚直觉而轻经验。尚直觉故其思想、制度、动作，每在理智的眼光里为可解不可解之间，此所谓神秘者是也。律诗之蕴藉之质正为此种性质之表现。

王渔洋所创的"神韵"之说，严沧浪所谓"不涉理路，不落言筌""香象渡河，羚羊挂角"者，显为但凭直觉之谓也。此律诗之足以代表吾中华民族者三也。

五、圆满

圆满的感觉是美的必要的条件。圆满则觉稳固，稳固则生永久的感觉，然后安心生而快感起矣。

亨特（Holman Hunt）与爱默生（Emerson）之论诗皆以圆形比之。亨曰："美之圈。"爱曰："诗人……赍汝以堆积之彩如虹霓之泡，透明，涵虚，而圆如地球……"奥尔登（Alden）谓此与完美（perfection）之观念实相连属。不知其与中文之"圆满"之词更相吻合，是亦可谓巧矣。

凡律诗之组织，音节（在目为"圆满"，在耳为"节奏"，此亦奥尔登之论）无不合圆满之义者。观在对偶、平仄诸部分可谓至美尽善，无以复加。第观其对偶之工整，平仄之妥洽，便足起人快感，固不待其他部分之帮衬也。

然律诗中此质亦非偶然，盖亦我国民族性之表现焉。我国地大物博，独据一洲。在形势上东南环海，西北枕山，成一天然的单位；在物产上，动植矿产备具，不须仰给于人而自赡饱。故吾人尝存满足观念，吾人之人生观则为保守主义，盖自谓生活的享乐，吾已尽有十分，无可复求者矣。我国又尝自称"中国"，以为天下文化尽在于此；四境之外，无美无善，不足论也。

律诗之各部分之名称曰首，曰尾，曰颈联，曰腹联，又曰韵脚，曰诗眼，曰篇脉，是则古人默此之为一完全之动物矣。盖最圆满之诗体莫律诗若。

无论以具体的格势论，或以抽象的意味论，律诗于质则为一天然的单位，于数为"百分之百"（hundred percent），于形则为三百六十度之圆形，于义则为理想，乌托邦的理想（utopian ideal）。此其所以能代表吾中华民族者四也。

观此四端，以律诗为中国艺术之代表亦宜矣。然此不过其荦荦大者，此外尚有次等的特质如调和、适变等，均不及细论，仅一提及之已足耳。

六、兼有的作用

律体还有古诗、绝句、乐府之作用。此语初听，颇似不经。请研究之。

　　律诗之所以别于古诗者，对仗与平仄也。然古诗竟有时亦使对仗第不谐平仄耳。试问下列五言、七言各两篇，究有何分别？

　　　　中散不偶世，本自餐霞人。
　　　　形解验默仙，吐论知凝神。
　　　　立俗迕流议，寻山洽隐沦。
　　　　鸾翮有时铩，龙性谁能驯。

　　　　　　　　　　　　　　　　——颜延之

　　　　将军胆气雄，臂悬两角弓。
　　　　缠结青骢马，出入锦城中。
　　　　时危未授钺，势屈难为功。
　　　　宾客满堂上，何人高义同。

　　　　　　　　　　　　　　　　——杜甫

　　　　促柱繁弦非子夜，歌声舞态异前溪。
　　　　御史府中何处宿，洛阳城头那得栖。
　　　　弹琴蜀郡卓家女，织锦秦川窦氏妻。
　　　　讵不自惊长泪落，到头啼乌恒夜啼。

　　　　　　　　　　　　　　　　——庾信

　　　　城尖径昃旌旆愁，独立缥缈之飞楼。

峡圻云霾龙虎卧，江清日抱鼋鼍游。

扶桑西枝对断石，弱水东影随长流。

杖藜叹世者谁子，泣血迸空回白头。

——杜甫

律诗有时绝似两首绝句并合而成者，其间断疆分域之处，历历可指。若将王维的《送梓州李使君》五律分作两段写，殆无人看得出是一首律诗：

万壑树参天，千山响杜鹃。

山中一夜雨，树杪百重泉。

汉女输橦布，巴人讼芋田。

文翁翻教授，不敢倚先贤。

七言如杜甫的《蜀相》亦然：

丞相祠堂何处寻，锦官城外柏森森。

映阶碧草自春色，隔叶黄鹂空好音。

三顾频烦天下计，两朝开济老臣心。

出师未捷身先死，长使英雄泪满襟。

至于乐府与非乐府之别，只在前者能入乐谱，后者不能。只要音调谐适，不论古体近体，都可为乐府。律诗也有入乐府的，如沈佺期的《独不见》便是：

卢家少妇郁金堂，海燕双栖玳瑁梁。

九月寒砧催木叶，十年征戍忆辽阳。

白狼河北音书断，丹凤城南秋夜长。

谁为含愁独不见，更教明月照流黄。

由上以观，律诗兼有古诗、绝句、乐府之作用，不其然乎？

七、律诗的价值

今之欲研究中国旧诗者，辄不知从何处下手，且绝无有统绪而且可靠的做指南的著作。余则谓须从律诗下手。

因律诗为中国诗独有之体裁。以中诗之全数与西诗之全数相减，他种诗都相抵消，其余数则为律诗。故研究中国诗者若不着手于律诗，直等于没有研究中国诗。

因律诗能代表中国艺术的特质。研究了律诗，中国诗的真精神，便探见着了。

因律诗兼有古诗、绝句、乐府的作用。学者万一要遍窥中国诗的各种体裁，研究了律诗，其余的也可以知其梗概。

如今作新诗的莫不痛诋旧诗之缚束，而其指摘律诗，则尤体无完肤。唉，桀犬吠尧，一唱百和，是岂得为知言哉？若问处于今世，律诗当仿作否，是诚不易为答。若因其不宜仿作，便束之高阁，不予研究，则又因噎废食之类耳。

夫文学诚当因时代以变体，且处此二十世纪，文学尤当含有世界的气味；故今之参借西法以改革诗体者，吾不得不许为卓见。但改来改去，你总是改革，不是摈弃中诗而代以西诗。所以当改者则改之，其当存之中国艺术之特质则不可没。

蔡孑民先生曾把旧文学比作篆籀，习用行楷时，篆籀仍未全废，以其为一种美术品也；新文学兴后，旧文学亦可并存，正坐此故。以此推之，则律诗亦未尝不可偶尔为之。无论如何，律诗之艺术的价值，历万代而不泯也。创作家纵畏难却步，不敢尝试；律诗之当永为鉴赏家之至宝，则万无疑义。

第七讲

排律

唐人自六韵至百韵皆曰律诗。自高棅《唐诗品汇》因元微之李杜优劣论"铺陈终始,排比声韵"之语,遂创"排律"之名。沈约《八咏诗》已全是五律,唯七、八两句失粘耳。阴铿《新成安乐宫》诗则完全五言排律矣:

> 新宫实壮哉,云里望楼台。
>
> 迢递翔鹍仰,连翩贺燕来。
>
> 重檐寒雾宿,丹井夏莲开。
>
> 砌石披新锦,梁花画早梅。
>
> 欲知安乐盛,歌管杂尘埃。

薛道衡《昔昔盐》亦五排滥觞也：

垂柳覆金堤，蘼芜叶复齐。

水溢芙蓉沼，花飞桃李蹊。

采桑秦氏女，织锦窦家妻。

关山别荡子，风月守空闺。

恒敛千金笑，长垂双玉啼。

盘龙随镜隐，彩凤逐帷低。

飞魂同夜鹊，倦寝忆晨鸡。

暗牖悬蛛网，空梁落燕泥。

前年过代北，今岁往辽西。

一去无消息，那能惜马蹄。

至于蔡孚的《打球篇》则又七言排律的先声了：

德阳宫北苑东头，云作高台月作楼。

金锤玉莹千金地，宝杖雕文七宝球。

窦融一家三尚主，梁冀频封万户侯。

容色由来荷恩顾，意气平生事侠游。

共道用兵如断蔗，俱能走马入长楸。

红鬣锦鬃风骤骤，黄络青丝电紫骝。

奔星乱下花场里，初月飞来画杖头。

自有长鸣须决胜，能驰迅走满先筹。

曹王漫说弹棋妙，剧孟休矜六博投。

薄暮汉宫愉乐罢，还归尧室晓垂旒。

以艺术而论，排律远不如正律了。正律有平仄对仗，不多不少，恰到好处，排律便滥了。正律虽短，音响圆转，只用一韵，而不觉其平滑；排律体长，又不能换韵，则成单调，听来只觉令人昏睡。正律八句，排句散句各半；排律则排多于散，甚至数十倍者，故又生单调之弊。正律排律所共有的两个美质，排律都滥用了，以致变美为丑；其余的正律的美质如浑括、蕴藉、紧凑等，排律都没有了。还有古诗拖泥带水的毛病，排律又兼而有之。自来诗中排律的价值极低，照此看来，洵不诬也。

一堂词的赏析课

浦江清

词曲是接近于白话的文学，
但只有最初期的作品如此，
后来白话的成分愈来愈少，
成为纯粹文言文学。

浦江清 （1904—1957） *西南联大中文系教授*

江苏松江（今上海市松江区）人，著名古典文学研究专家。曾任教于清华大学、西南联合大学、北京大学。与朱自清合称"清华双清"。著有《浦江清文录》《屈原》及《杜甫诗选注》（合作）等。

第一讲

词曲基本知识

一、词学

（一）词史

此为文学史或诗歌史之一部分。论词之起源，或者追溯到南朝乐府，如梁武帝《江南弄》、沈约《六忆诗》等，取其长短句并且有一定的格式者。

但真正的词起于唐代。尤其是中唐以后，乃是唐代教坊的小曲，其目见于崔令钦《教坊记》者也很详备了。唐代韵文，主要是诗赋，尤其是诗最发达。但也是到了唐代，诗和乐府分家得很远。南北朝时，诗篇以入乐者为多，或虽不入乐而用乐府题目或内容者多。

到了唐代，诗乐分途，玄宗以后，乐府诗更少，杜、韩一派以文为诗。其时诗唯五、七言绝句入乐（也有律诗偶尔入乐者），古诗全不入乐。其时民间小曲，边疆乐歌侵入，教坊歌伎习唱，随时有新声加入，汇流而称为小曲。其文辞被于歌曲者，即名为词。《全唐诗》附有词一册。

至于两宋，词为最盛，并且有长调兴起。凡两宋时期之歌曲，几全用长短句，故称为词。

词的名称，在唐宋时尚不确定，或称乐府，或称小曲，或称大曲，或称歌。到了后来，以"乐府"称汉魏以来迄于唐之歌曲，以元明以后之新声歌曲称为"曲"，于是专以唐代新声及两宋歌曲称为"词"。实则词只是文辞的意义，其音乐部分，整个东西应该称为歌曲也。可惜词到了元以后也不能歌唱了，只有文辞方面供后人欣赏及拟作。所以"词"是文学史上的名称，是中国文学中的一门，也是中国诗的一门。

词又称为诗余，这是不很科学的。有人认为词从诗体中变出，此说不可靠。诗变不出词。诗的本身从乐府来，词也从乐府来，他们共同的来源都是民间的歌曲：乐曲、俚调、外国乐歌、边疆乐歌。不过从汉魏晋南北朝乐府出来的称为古诗或近体诗，从唐宋乐府出来的称为词。

词史的书参考各本文学史的词及唐宋一段文学史。专书有刘毓盘的《词史》、王易《词曲史》等。

（二）词律

词称诗余，大概会作诗的人，以余力填词，也有专成词家的。词和诗不同，在于格律。不但有长短句的格式，并且格律很严，平仄四声都有讲究，因为原先是入乐的，后来虽未必付歌唱，却要合律以求工。词谱书如《白香词谱》，便于初学。万树《词律》最为详备。还有专研究清真词律等类书。在词学里面，也有研究乐律宫调问题的。

（三）词集

总集有《花间集》《尊前集》《草堂诗余》等。别集宋元以后有千家之多，主要有《疆村丛书》《宋六十名家词》《全宋词》等。元明清人词集，汇刻的丛书较少，因不太重要之故。今敦煌所出词，也有人收集。

（四）词的批评

有徐釚《词苑丛谈》、陈廷焯《白雨斋词话》、王国维《人间词话》等，《词话丛编》收集不少。另有吴梅《词学通论》。

（五）词的掌故

例如张宗橚《词林纪事》之类。

普通学生习读，偏于欣赏方面。选本：（1）张惠言《词选》；

（2）梁令娴《艺蘅馆词选》（中华版）；（3）龙沐勋《唐宋名家词选》
（开明版）；（4）刘麟生《词絜》。这些都可用。另有俞平伯《读词偶
得》、浦江清《词的讲解》（《国文月刊》）。

二、词

词是唐代的小曲。唐代大曲，都用诗体，如《甘州词》《凉州词》
等均用五、七绝。虽然也可称词，但后来词专指长短句而言，则出于
唐代的小曲。

唐代大曲、小曲见于崔令钦《教坊记》者共有三百二十四曲名，
内中大曲数目甚少，小曲有二百七十八曲。其性质不能尽知，中间
也恐有只是乐曲不配合诗词者。但后世著名的词牌有《抛球乐》《清
平乐》《浣溪沙》《浪淘沙》《望江南》《河渎神》《醉花阴》《归国谣》
《定风波》《木兰花》《菩萨蛮》《临江仙》《虞美人》《凤归云》《感庭
秋》《荷叶杯》《西江月》《拜新月》《鹊踏枝》《曲玉管》《倾杯乐》
《谒金门》《巫山一段云》《相见欢》《苏幕遮》《诉衷情》《洞仙歌》
《梦江南》《三台》《醉公子》《拂霓裳》《兰陵王》《南歌子》《酒泉
子》等。

此类小曲，从其名称看，有边疆乐曲，如《甘州子》《镇西乐》
《柘枝引》《苏幕遮》《胡渭州》《西河狮子》《西河剑器》《定西番》
《菩萨蛮》等。有外国音乐，如《赞普子》《穆护子》《南天竺》《女王

国》等。其出于中原民间的，如《杨柳枝》①《临江仙》《虞美人》《南歌子》《南乡子》等。题材为庆祝者，如《还京乐》《贺圣朝》《千秋乐》《破南蛮》等。闺情者，如《想夫怜》《恨无媒》《长相思》《柳青娘》《玉搔头》《宫人怨》《灯下见》《相见欢》等。为节令者，如《泛龙舟》《七夕子》《上元子》等。佛曲者，如《毗沙子》《多利子》《菩萨蛮》②《望月婆罗门》等。而且大半是舞曲，其知为舞曲者，如《剑器子》《破阵子》《狮子》《带竿子》《西河狮子》《西河剑器》等。如《柘枝引》必与柘枝舞有关，《缭踏歌》必是踏歌。《后庭花》《拂霓裳》等亦必是舞曲。

至于此类小曲，歌唱者主要当为女伎，如教坊伎、官伎。士大夫民众，亦多习之以为娱乐。演奏地点为宫苑、宫廷、王府、贵人之家、旗亭、驿站以及一切宴席；长安、洛阳、扬州、金陵几个都会。此类小曲后来称为小令。单支，或有双调，均非慢词；虽有较长者，亦非慢词也。

此种情形如今日各地民间歌曲《四季相思》《孟姜女》，及边疆民歌如新疆民歌《沙里红巴哀》以及《蒙古牧歌》之类。唐代为胡汉东西南北歌曲之大汇合。

词有专集，据说是从温庭筠开始，有《握兰》《金荃》两集，今佚。而选集以五代赵崇祚《花间集》为最古。黄昇《花庵词选》按语中尚引到唐吕鹏《遏云集》，今佚。

---

① 洛下新声，此却是七言诗体，但亦在《教坊记》小曲内。

② 存疑。

《花间集》录皇甫松《采莲子》两首云："菡萏香连十顷陂（举棹），小姑贪戏采莲迟（年少）。晚来弄水船头湿（举棹），更脱红裙裹鸭儿（年少）。""船动湖光滟滟秋（举棹），贪看年少信船流（年少）。无端隔水抛莲子（举棹），遥被人知半日羞（年少）。"此以"举棹"及"年少"作为和声，十足民歌风味，颇有天趣，乃文人拟民间歌曲之作也。《采莲子》或者也是舞曲，作采莲舞时歌之。

凡词流传至今皆文人精美之作。真正民间流传之俚曲，以不被人所重，淘汰尽矣。唯敦煌所出词，保存一部分。

康熙间万树（红友）《词律》中有异名而同调者，亦有同名而异调者，据《词律拾遗》之作者徐本立诚庵云："《词律》凡六百六十调，一千一百八十余体。今补一百六十五调，为体一百七十九，暨补体三百一十六，都凡四百九十五体。合之原书共八百二十五调，一千六百七十余体。"当然尚有遗漏。

三、词和曲的比较

（一）所谓"曲"

《国语·周》上："使公卿至于列士献诗，瞽献曲，史献书。"韦昭注云：曲，乐曲也。

《说文》："曲，像器曲受物之形。"Ⅳ，段注：象圜其中受物之形。

《广雅·释诂》："曲，折也。"

《礼记·乐记》："歌者上如抗，下如队（坠），曲如折，止如槁木。"

许之衡云："古之歌即曲也。"《尔雅》曰："声比于琴瑟曰歌，徒歌曰谣。"徒歌谓无丝竹和之，声比于琴瑟，则应弦合节，一如今之唱曲矣。

《文选》宋玉《对楚王问》："客有歌于郢中者，其始曰《下里》《巴人》，国中属而和者数千人；其为《阳阿》《薤露》，国中属而和者数百人；其为《阳春》《白雪》，国中有属而和者，不过数十人；引商刻羽，杂以流徵，国中属而和者，不过数人而已。是其曲弥高，其和弥寡。"

段注《说文》："凡委曲之称，不直曰曲。《诗》曰'子发曲局'，又曰'乱我心曲'，《笺》云：心曲，心之委曲也。又乐章为曲，谓音宛曲而成章也。"

《诗经·魏风·园有桃》："心之忧矣，我歌且谣。"《毛传》："曲合乐曰歌，徒歌曰谣。"《韩诗》："有章曲曰歌，无章曲曰谣。"按，曲合乐者，合于乐器也。《诗经·大雅·行苇》："或歌或咢。"《毛传》："歌者，比于琴瑟也，徒击鼓曰咢。"按，即曲合乐曰歌也。

而"诗"则所指不同。《诗经·小雅·巷伯》："寺人孟子，作为此诗。凡百君子，敬而听之。"谓作为此歌之词也。故诗词皆指文章而言，歌曲皆指合乐而言。

（二）词曲之相同点

1. 皆为乐府歌曲，教坊伎伶所习。曲调之来源，或为民间，或为外来，或出乐工所制造。

2. 均有宫调，均有牌子。牌子同者，体制相同。

3. 唐宋时期，称词为曲，如晁无咎评东坡词是曲子中缚不住者，又姜白石词称《白石道人歌曲》。而元明人称曲亦谓词，元明之间人所作《菉斐轩词韵》实为北曲而设。又李玄玉（一笠庵）《北词广正谱》、沈自晋《南词新谱》、吕士雄《南词定律》、吴梅《南北词简谱》，皆曲律之书也。

4. 词称诗余，曲亦词余。

5. 有些牌子，词曲相同，如北曲之《干荷叶》，南曲之《虞美人》《谒金门》《一剪梅》等。《董西厢》诸宫调以及南曲散曲套数中同宋词体制者不少。

6. 词有犯调，曲也有集曲。犯调如《玲珑四犯》《凄凉犯》《六丑》等。集曲则南曲最多，北曲有带过曲。

（三）词曲相异者

1. 兴盛之时代不同。词盛于晚唐五代两宋，曲盛于元明清。

2. 词贵婉约，曲贵奔放。

3. 词中多比兴，曲主直叙。

4. 词文章内容婉曲，而声调简单。曲则北曲繁音促节，南曲冗曼细腻，曲折愈多。

5．词有双叠、三叠、四叠者，曲则小令几乎都是单支。

6．词是一曲，曲则可联成套数。词之大曲虽也联成一套，但中间的遍是重复的，或者两体相缠间的。曲之套数取宫调相同之曲牌数个合成，都不重复。

7．词不大有衬字，曲则剧曲中衬字最多。

8．词韵曲韵不同。词平入独押，上去合用。曲则入声派入三声，又可四声通押。同时南曲中又严到阴阳上去，都有讲究。

（四）词境、曲境之不同

词境：意境，静境，画境。

曲境：人情，动境，戏剧性。

如关汉卿《双调·大德歌》："风飘飘，雨潇潇，便做陈抟睡不着。懊恼伤怀抱，扑簌簌泪点抛。秋蝉儿噪罢寒蛩儿叫，淅零零细雨打芭蕉。"可与温庭筠《更漏子》"梧桐树，三更雨，不道离情正苦。一叶叶，一声声，空阶滴到明"，李清照《声声慢》"梧桐更兼细雨，到黄昏，点点滴滴"，冯延巳《归国谣》"何处笛，终夜梦魂情脉脉，竹风檐雨寒窗滴"相比。

又如马致远《越调·天净沙·秋思》，周德清谓为"秋思之祖"。《曲藻》："通首是景中的雅语。"王国维《人间词话》："寥寥数语，深得唐人绝句妙境。有元一代词家，皆不能办此也。"《宋元戏曲史》以此为"元曲小令之表率"。任讷则谓此曲凝重犹近诗余，"此词前三句以九事设境，全属静词，末二句亦是含蓄幽渺之趣，词境多而曲境少。"（《作词十法疏证》）

第二讲

《菩萨蛮》和《忆秦娥》

一、《菩萨蛮》

平林漠漠烟如织，寒山一带伤心碧，暝色入高楼，有人楼上愁。

玉梯空伫立，宿鸟归飞急，何处是归程，长亭连短亭。

（一）考证

此词相传李白作。南宋黄昇《唐宋诸贤绝妙词选》及时代不明之《尊前集》皆载之，其后各家词选多录以冠首，推为千古绝唱。至近人则颇有疑之者。据唐人苏鹗《杜阳杂编》等书，《菩萨蛮》词调实始于唐宣宗时，太白安能前作？唯此说亦有难点，缘崔令钦之《教坊记》已载有《菩萨蛮》曲名，令钦可信为唐玄、肃间人也。

考此词之来历，北宋释文莹之《湘山野录》云："'平林漠漠烟如织，寒山一带伤心碧，暝色入高楼，有人楼上愁。玉梯空伫立，宿鸟归飞急，何处是归程，长亭连短亭。'此词不知何人写在鼎州沧水驿楼，复不知何人所撰，魏道辅泰见而爱之，后至长沙，得古集于子宣内翰家，乃知李白所作。"（以上据《学津讨原》本。《词林纪事》引《湘山野录》，"古集"作"古风集"。）

倘文莹所记可信，则北宋士夫于此词初不熟悉，绝非自来传诵人口者，魏泰见此于鼎州（今湖南常德）沧水驿楼，其事当在熙宁、元丰间（约一〇七七年），后至长沙曾布处得见藏书，遂谓李白所作。

所谓"古风集"者，李白诗集在北宋时尚无定本，各家所藏不一，有白古风数十篇冠于首，或即以此泛指李白诗集而言（如葛立方《韵语阳秋》云"李太白《古风》两卷，近七十篇"云云），或者此"古集"或"古风集"乃如《遏云》《花间》之类，是一种早期之词集，或者此"古集"泛指古人选集而言，不定说诗集或词集，今皆不可知矣。

李白抗志复古，所作多古乐府之体制，律绝近体已少，更非措意当世词曲者。即后世所传《清平调》三章，出于晚唐人之小说，靡弱不类，识者当能辨之。唯其身后诗篇散佚者多，北宋士夫多方搜集，不遑考信。若通行小曲归之于李白者亦往往有之，初时疑信参半，尚在集外，其后阑入集中。

沈括《梦溪笔谈》云："小曲有'咸阳沽酒宝钗空'之句，云是李白所制，然李白集中有《清平乐》词四首，独欠是诗，而《花间集》所载'咸阳沽酒宝钗空'乃云是张泌所为，莫知孰是也。"沈括与文莹、魏泰皆同时，彼所见李白集尚仅有《清平乐》词四首。此必因小说载李白曾为《清平调》三章，好事者遂更以《清平乐》词四首归之。其后又有"咸阳沽酒""平林漠漠""秦娥梦断"等类，均托名李白矣。至开元、天宝时是否已有《菩萨蛮》调，此事难说。

观崔令钦之《教坊记》所载小曲之名多至三百余，中晚唐人所作词调，几已应有尽有，吾人于此，亦不能无疑。《教坊记》者乃杂记，此音乐机关之掌故之书，本非如何一私家专心之撰述，自可随时增编者。崔令钦之为唐玄宗、肃宗间人，固属不诬，唯此书难保无别人增补其材料也。故其所记曲名，甚难遽信为皆开元、天宝以前所有。

明胡应麟《少室山房笔丛》，疑相传之《菩萨蛮》《忆秦娥》两词皆晚唐人作假名太白者，颇有见地。此词之为晚唐抑北宋人作，所不可知，唯词之近于原始者，内容往往与调名相应。

《菩萨蛮》本是舞曲，《宋史·乐志》有菩萨蛮队舞，衣绯生色窄砌衣，冠卷云冠，或即沿唐之旧。《杜阳杂编》谓"危髻金冠，璎珞被体"，或亦指当时舞者之装束而言。

温飞卿词所写是闺情，而多言装束，入之舞曲中，尚为近合。若此词之阔大高远，非"南朝之宫体""北里之倡风"（此两句为《花间集序》中语，实道破词之来历，晚唐、五代词几全部在此范围之内），不能代表早期的《菩萨蛮》也。

至胡应麟谓词集有《草堂集》，而太白诗集亦名《草堂集》，因此致误，此说亦非。词集有称为《草堂诗余》者乃南宋人所编，而此词之传为李白，则北宋已然。北宋士夫确曾有意以数首词曲嫁名于李白，非出于诗词集名称之偶同而混乱也。

《湘山野录》所记，吾人亦仅宜信其一半。载有此词之"古风集"仅曾子宣有之，沈存中所见李白诗集即无此首，安知非即子宣、道辅辈好奇谬说。且魏道辅不曾录之于《东轩笔录》中，文莹又得之于传闻。唯赖其记有此条，使吾人能明白当时鼎州驿楼上曾有此一首题壁，今此词既无所归，余意不若归之于此北宋无名氏，而认为题壁之人即为原作者。

《菩萨蛮》之在晚唐、五代，非温飞卿之"弄妆梳洗"，即韦端己之"醇酒妇人"，何尝用此檀板红牙之调，寄高远阔大之思，其为晚出无疑。若置之于欧晏以后、柳苏之前，则于词之发展史上更易解释也。

（二）讲解

"平林"是远望之景。用语体译之，乃是"远远的一排整齐的树林"，此是登楼人所见。我们先借这两字来说明诗词里面的辞藻的作用，作为最初了解诗词的基本观念之一。

乐府、诗、词，其源皆出于民间的歌曲，但文人的制作不完全是白话，反之，乃是文言的辞藻多而白话的成分少，不过在文言里夹杂些白话的成分，以取得流利生动的口吻而已。

词曲是接近于白话的文学，但只有最初期的作品如此，后来白话的成分愈来愈少，成为纯粹文言文学。而且民间的白话的歌曲虽然也在发展，因为不被文人注意采集，所以我们不大能见得到。晚唐、五代词流传下来的也都是文人的制作，真正的民歌看不到多少。"平林"是文言，不是白话，是诗词里面常用的"词"。

在白话里面说"树林"，文言里面只要一个"林"字。何以文言能简洁而白话不能？因文字接于目，而语言接于耳。接于目的文字可以一字一义，如识此字，即懂得这一个字所代表的意义。接于耳的语言因为同音的"单语"太多，要做成双音节的"词头"，方始不致被人误解。如单说"林"，与"林"同音的单语很多，你说"树林"，人家就明白了。所以在白话里面实在以双音节的词头作为单位的。（关于这一点，我们仅就中古以来的中国语而言，上古的情形暂不讨论。）

现在的问题是：在文言里面固然可以单用一个"林"字表达"树林"的意思，但是乐府诗词是模仿民歌的，在民间的白话里既然充满了双音节的单位，那么在诗词里面为满足声调上的需要，也应该充满双音节的单位的。

文人既不愿用白话作诗词，他们在文言里面找寻或者创造双音节的词头，于是产生"春林、芳林、平林"等的"词"。我们暂时称这些为"词藻"（古人用"词藻"两字的意义很多，这里暂时用作特殊的意义），假如科学地说，应该称为"文言的词头"。这些"词"和白话里的"词头"相比，音节是相同的，而意义要丰富一点，文人所以乐于用此者亦因此故。所以把"平林"两字翻译出来，或者要说"远远的一排整齐的树林"这样一句啰唆的话，而且也不一定便确切，因为当初中国的文人根本即在文言里面想，而不在白话里面想之故。

何以中国的文人习用文言而不用他们自己口说的语言创造文学？

这一个道理很深，牵涉的范围太广，我们在这里不便深论。要而论之，中国人所创造的文字是意象文字而不用拼音符号（一个民族自己创造的文字，应该是意象文字，借用外族的文字方始不得不改为拼音的办法），所以老早有脱离语言的倾向。

甲骨卜辞的那样简短当然不是商人口语的忠实的记录。这是最早的语文分离的现象，由意象文字的特性而来，毫不足怪。以后这一套意象文字愈造愈多，论理可以做忠实记载语言之用，但记事一派始终抱着简洁的主张，愿意略去语言的渣滓。

只有记言的书籍如《尚书》《论语》，中间有纯粹白话的记录。而《诗经》是古代的诗歌的总汇，诗歌是精练的语言，虽然和口头的说话不同，但《诗经》的全部可以说是属于语言的文字。所以在先秦的典籍里实在已有三种成分：一是文字的简洁的记录，二是几种占优势的语言如周语、鲁语的忠实的记录，三是诗歌或韵语的记录。

古代的方言非常复杂，到了秦汉的时代，政治上是统一了，语言不曾统一，当时并没有个国语运动作为辅导，只以先秦的古籍教育优秀子弟，于是即以先秦典籍的语言作为文人笔下所通用的语言，虽然再大量吸收同时代的语言的质点以造成更丰富的词汇（如汉代赋家的多采楚地的方言），但文言文学的局面已经形成，口语文学以及方言文学不再兴起。以后骈散文的发展我们且不说，乐府诗词的发展是一方面在同时代的民歌里采取声调和白话的成分，一方面在过去的文言文学里采取辞藻的。

文言的词汇因为是各时代、各地方的语言的质点所归纳，所以较之任何一个时代、一个地方的语言要丰富。历代的文人即用文言来表情达意，同时，真实的语言或方言，从秦汉到唐代一千多年，始终没有文人去陶冶琢磨，不曾正式采用作为文学的工具，所以停留在低劣和粗糙的状态里，不足作为高度的表情达意的工具的。宋元以后方始有小说家和戏曲家取来作一部分的应用。

文言的性质不大好懂，是意象文字的神妙地运用。中国人所单独发展的文言一体，对于真实的语言，始终抱着若即若离的态度。意象文字的排列最早就有脱离语言的倾向，但所谓文学也者要达到高度的表情达意的作用，自然不只是文字的死板的无情的排列如图案画或符号逻辑一样；其积字成句，积句成义，无论在古义、在诗词，都有它们的声调和气势，这种声调和气势是从语言里模仿得来的，提炼出来的。

所以文言也不单接于目，同时也是接于耳的一种语言。不过不是真正的语言，而是人为的语言；不是任何一个时代或一个地方的语言，而是超越时空的语言，我们也可以称为理想的语言。从前的文人都在这种理想的语言里思想。至于一般不识字的民众不懂，那他们是不管的。

词人的语言即用诗人的语言。不过词的最初是从宫体诗发展出来，到了两宋的词人虽然已把词的境界扩大，但到底不能比诗的领域，所以词人也只用了诗的词汇的一部分。此外词人又吸收了唐宋时代的俗语的质点，因为词的体制即是模仿唐宋时代民间的歌曲。

上文说到白话里面充满了双音节的词头，所以诗词里面也充满了双音节的单位。我们不说"山"而说"高山"，不说"水"而说"流水"，不说"月"而说"明月"，那"高、流、明"等类字眼，在文法上称为形容词或附属词，是加于名词之上以限制或形容名词的意义的。但如上面所举的例，它们限制或形容的意义是那样的薄弱，只能说帮助下一个名词以造成一个双音节的单位而已。

"平"字也是帮助"林"字以造成双音节的，但意义上不无增加。假如我们要在"林"字上安放一个字而不增加任何意义，只有"树"字。如说"青林"就带来一点绿色，说"芳林"就带来一点花香。有些带来的意义我们认为需要的，有些我们认为不需要，因此就有字面的选择。"平"字带来了"远远的、整齐的"印象，此正是登楼人所见之景，亦即是词人所要说的话，所以我们说他用字恰当。

我们说他用字恰当，有两种意义：一是说作者看见远远的一排整齐的树林，很恰当地用"平林"两字表达出来；二是说他对于文字上有素养，直觉地找到这两个好的字面，或者他曾用过推敲的功夫，觉得"平林"远胜于别的什么"林"。这是两种不同的文艺创作的过程，前者是先有意境找适当的文字来表达，后者是以适当的文字来创造意境。读者或者认为前者是文艺创作的正当过程，后者属于文字的技巧，其弊必至于堆砌造作；写景必须即目所见，方为不隔的。但也未必尽然。

以即目所见而论，诗人（我们说诗人也包括词人在内）看见一带树林，他可以有好几个看法，以之写入诗词可以有好几种说法。譬如着重它的名目可以说"桃林、枫林"，着重它的姿态和韵味可以说"平林、远林、烟林、寒林"之类，着重当时的时令可以说"春林、秋林"，都是即目所见，但换一个字面即换一个意境，在读者心头换了一幅心画。诗人要把刹那的景物织入永久的作品中，他对于景物的各种不同的看法是必须有去取的，而字面的选择就是看法的去取。

再者，诗人也不必完全写实的，我们应该允许他有理想的成分，他可以不注重"即目所见"，而注重诗里面的境界，不然贾岛看见那个和尚推门就说推，敲门就说敲，何必更要推敲呢？

以推敲字面而论，"平"字妥当是显然的。"林"字上可安的字固然很多，例如"桃林、杏林、枫林"等是一组，但试问从楼上人望来何必辨别这些树的名目呢？"春林、秋林"点醒时令，作者或者认为不必需。"烟林、寒林"都可以传神，但与下文无碍。"晓林、暮林、远林"等另是一组，上面一个字面是仄声，而《菩萨蛮》的首句宜用"仄平平仄"起或"平平仄仄"起（读者可参看温庭筠、韦庄诸作），若用"仄平仄仄"，声调上不够好（除非下面不用"漠漠"）。

而且上面那些字都不能比"平林"的浑成。什么叫作浑成？浑成就是不刻画的意思。像"芳林、烟林"等类，上面一个字的形容词性太多，是带一点刻画性的。有些地方宜于刻画，有些地方宜于浑成。譬如这一句，下面连用"漠漠烟如织"五个字来刻画这树林，那么"林"字上不宜更着一个形容词意味过多的字面，否则形容词过多，名词的力量显得薄弱，全句就失于纤弱。"平林"所以浑成的原因，因为这一个词头见于《诗经》，原先是古代的成语，是一片浑成的，不是诗人用一个形容字加上一个名词所造成的双音节的单位。

照《诗经·小雅》毛氏的训诂："平林，林木之在平地者也。"我们不知道这一个训诂正确不正确，也许原是古代的成语，解释是勉强的。即照毛氏的训诂，"平林"乃别于"山林"而言，也普遍地指一大类的树林，比"桃林、春林、暮林"等类要没有个别性和特殊性，意义含混得多。就是我们望文生训地觉得它带来有远远的、齐整的意义，那些意义也是内涵的而不是外加的，因为它原是成语。因为"平林"是一片浑成的、十足的结合名词，所以即使下面连用五个形容词，这一句句子不觉得纤弱，还有浑厚的意味。此词意境高远阔大，开始用"平林"两字即使人从高远阔大处想。

"漠漠"不是广漠的意思，它和"密密、蒙蒙、冥冥、茫茫"等都是一音之转，所以意义也相近。翻成文言式的白话是"迷茫的、蒙蒙的"或"弥漫的"，说烟气。如考察它的语源，正确的翻译应是"纷纷密布"。陆机诗"廛里一何盛，街巷纷漠漠"，谢朓诗"远树暧阡阡，生烟纷漠漠"，皆以"漠漠"与"纷"连用，"漠漠"即是"纷"字的状词。即是《诗经》里面的"维叶莫莫"，也是茂密之意。烟的密布可以说"漠漠"，细雨的密布就说"蒙蒙"，雾的密布说"茫茫"。花的密布有人用"冥冥"的，例如杜诗"树搅离思花冥冥"，苏诗"芙蓉城中花冥冥"。但彼此通用亦无不可，所以"花漠漠""叶漠漠""雾漠漠""雨漠漠"乃至于"街巷的漠漠"都可以说。甚至于秦少游的"漠漠轻寒上小楼"说寒意的弥漫。王维的名句是"漠漠水田飞白鹭"，我不知他的意思是说水田上的水汽弥漫呢，还是说分布着的水田，若引证陆机的诗，应从后解。《千忠戮·惨睹》折（俗称《八阳》）建文帝唱："历尽了渺渺程途，漠漠平林，垒垒高山，滚滚长江。"说分布着的平林未免不妥吧？作者就取用这《菩萨蛮》的辞藻，但吃去了一个烟字，所以弄得意义含糊。

这一句七言就是谢朓两句五言古诗的紧缩。但"如织"两字是刻画语，谢朓诗里没有。古诗含混，词则必须施以新巧的言语。虽写同样的景物，而意味不同。

第一句说远处树林里的烟霭已足够引起愁绪，到第二句便径直提出"伤心"两字。山无伤心的碧，亦无不伤心的碧，这是以主观的情感移入客观的景物，西洋文论家所谓移情作用，中国人的老说法是"融情于景"。这一句子原是两句话并合在一起说，一句话是那一带的山是碧色的，另一句话是那一带的青山看了使人伤心。在语序方面作者愿意前面一种说法，因为这地方仍是在写景，登楼人看见一带的远山到眼而成碧色，作者要顺着上面的一句写下；但他的主要的意思倒在后面一种说法，要把主观的感情表达出来。两句话同时夺口而出，要两全其美时，就作成这样一句诗句，把"伤心"作为状词，安在"碧"上，这是诗人的言语精彩而经济的地方。那一带寒冷的山是看了使人伤心的青绿色的。

但"寒山"不一定是"寒冷的山"。"寒山"和"平林"一样是双音节的单位，可以做结合名词看。在诗人的词藻里除了"泰山、华山、小山、高山"以外，还有"寒山"。什么叫作"寒山"？"寒"字的形容词性比"平林"里面的"平"字要显著。

"寒"字所带来的意义有两种：一是荒寒，说那些山是郊外的野山，并无人居，亦无亭台楼阁之胜；二是寒冷，此词所写的景恐是秋景，又当薄暮之际，山意寒冷。到底诗人指哪一种，或者是否两种意思兼指，他没有交代清楚。何以没有交代清楚？他认为不需要的，而且也想不到要交代清楚。我们在上面说过，那时候的诗人、词人即在文言里思想，在他们的语言里有"寒山"这一个词头代表一种山，而在我们的语言里没有，所以也不能有正确的翻译。所以"寒山"只是

"寒山"，我们译成"寒冷的山"或者"荒寒的山"只是译出它的一种意义。

诗词里面的词藻往往如此，蕴蓄着的意义不止一层，要读者自己去体会。好比一个外国字我们也很难用一个中国字把它的意义完全无遗地翻译出来。没有两种语言是完全相同的。从前人说诗词不能讲，只能体会，这些个地方真是如此。但从前人说不能讲，因为不肯下分析的功夫，假如我们肯用一点分析的功夫，未始不可以弄明一点；不过说可以把一首诗、一句诗句、一个词蕴含的意义完全探究明白是不大可能的。

即如"伤心碧"的"碧"字又是一例。我们译为"青绿色"也不一定对。它不一定是青色、绿色、青绿色。若问词人："碧是什么颜色？"他的回答是："碧是山的颜色。"此登楼人所见的一带远山，可以有几种颜色，例如青色、浅灰色、褐色等，他其实不在讲究那些山的颜色，也并不因为山的青绿色而使他伤心，他只用一个"碧"字来了却这些山的颜色，因碧是山的正色。假如我们不要特写山的不同的几种颜色时，可以一个"碧"字来包括一切山的颜色，等于我们说"青山绿水"的"青"和"绿"一样。有一位学生，他认为这首词写的是春景，举青绿色的山为证，并且说这伤心包含有伤春之意。这完全是误解。这"碧"字不但不写草木葱茏的景象，而且倾向于黯淡方面，其实也不指明一种颜色，所以"寒山一带伤心碧"等于说"寒山一带伤心色"。不过"色"字是一个无色的字，而"碧"字有活跃的色感印到读者的心画上去，所以后者远胜于前者。

我们说"伤心"是移情作用，是"融情于景"，似乎说得太浅。

"伤心"是否单属于人而不属于山呢？所谓以主观的情感移入客观的景物，其中必有可移之道。诗人善于体物，诗人往往以人性来体察物情，他给予外物以生命的感觉。

辛稼轩词："我见青山多妩媚，料青山见我应如是。"明说青山的妩媚。陶诗："采菊东篱下，悠然见南山。"不但渊明悠然，他也看出南山的悠然。所以在此秋景萧瑟之际，这位登楼的词人看见这一片荒寒的山似乎愁眉不展地有伤心的成分。到底是他的郁郁的心境染于山呢？还是这些山的悲愁的气氛感于人呢？其间的交涉不很清楚。所以我们与其说"融情于景"，不如说"情景交融"更为妥当。

"暝色入高楼"这一句更出色。暝色带来浅灰色的点染，最适合于这首词的意境。"入"字用得很灵活，是实字虚用法。倘是实质的东西进入楼中，不见"入"字的神妙，唯其暝色是不可捉摸的东西，无所谓入也无所谓出，但在楼中人的感觉，确实是外面先有暝色，渐渐侵入楼中，所以此"入"字颇能传神。并且这一个"入"也是"乘虚而入"，借以见楼中之空寂，此"入"独与暝色相对。凡诗人所写的真是人情上的真，是感觉上的真，非科学上的真也。

"有人楼上愁"，到此方点出词中的主人，知上面所说的一切，皆此人所见所感。诗词从人心中流出，往往是些没头没脑的话，但这首词的理路很清楚，从外面的景物说起，由远及近地说到楼中的人。这楼中的人便是作者自己。词有代言体和自己抒情体两种，如温飞卿的《菩萨蛮》写闺情，是代言体，此词是一旅客所作，说旅愁，是自己抒情体。

词本是通行在宴席上的歌曲，即是自己抒情体也取人人易见之景、易感之情，使歌者、听者皆能体会和欣赏作者原来的意境和情调。所以词人取刹那之感织入歌曲，使流传广远和永久，不啻化身千万，替人抒情。有这一层作用，所以用不着说出是姓张姓李的事，最好是客观的表达。这"有人"的说法是第一人称用第三人称来表达的一种方式。

"玉梯空伫立"，通行本作"玉阶"。《湘山野录》及黄昇的《绝妙词选》均作"玉梯"，是原本。后人或因为"梯"字太俗，改为"玉阶"（《尊前集》已如此），颇有语病。第一，玉阶是白石的阶砌，楼上没有阶砌，除非此人从楼上下来，步至中庭，这是不必需的，我们看下半阕所写的时间和上半阕是一致的。第二，"玉阶"带来了宫词的意味，南朝乐府中有"玉阶怨"一个名目，内容是宫怨，而这首词的题旨却不是宫词或宫怨。

诗词里面的词藻都有它们正确的用法，或贴切于实物，或贴切于联想。因实物而用"玉阶"，普通指白石的阶砌，特殊的应用专指帝王宫廷里面的"玉殿瑶阶"。在联想方面则容易想到女性，这是因为"玉阶怨"那样的宫体诗把这个词藻的联想规定了之故。虽然不一定要用于宫词，至少也要用于"闺情"那一类的题目上面去的。而这首词的题旨既非宫怨，亦非闺情，那楼中之人，虽然不一定是女性，也未见得定是女性，来这样一个词是不称的。若指实物，那么步至中庭，又是不必需的动作。《白香词谱》把这首词题作"闺情"，即是上了一个错误的改本的当！

"梯"字并不俗，唐诗宋词中屡见之。刘禹锡诗："江上楼高十二梯，梯梯登遍与云齐。人从别浦经年去，天向平芜尽处低。"周邦彦词："楼上晴天碧四垂，楼前芳草接天涯，劝君莫上最高梯。"这两处是以梯代层，十二梯犹言十二层，最高梯犹言最高层也。用"玉梯"者，卢纶诗"高楼倚玉梯，朱槛与云齐"；李商隐诗"楼上黄昏欲望休，玉梯横绝月如钩"；丁谓《凤栖梧》中"十二层楼春色早，三殿笙歌，九陌风光好，堤柳岸花连复道，玉梯相对开蓬岛"；姜白石《翠楼吟》中"玉梯凝望久，叹芳草萋萋千里"。

"梯"何以称"玉"？不一定是白石的阶梯。这一个词相当玄虚，疑是道家的称谓。古代帝王喜欢造楼台（如汉武帝造通天台之类），原本是听了道家方士的话，以望气，降神仙的。而道家好用"玉"字，如"玉殿、玉楼、玉台、玉霄、玉洞、玉阙"之类，梯之可称玉由于同一的理由，带一点玄虚的仙气。我们看曹唐诗"羽客争升碧玉梯"，与丁谓词"玉梯相对开蓬岛"就可以明了。

现在这首词的作者登在一座水驿楼上与神仙道家一点没有关系，不过他拿神仙道家所用的字面来作为诗词中的词藻而已。同时也许他知道卢纶和李商隐的诗，撷拾这两个字眼。他说"玉梯空伫立"，和后来姜白石的"玉梯凝望久"一样，是活用，不是真的伫立在什么梯子上弄成不上不下的情景。

其实这"玉梯"是举部分以言全体，举"梯"以言楼，犹之举"帆、橹"以言舟，举"旌旗"以言军马。他说"玉梯空伫立"等于说"楼中空伫立"。当然他也可以说"阑干空伫立"，举"阑干"以言楼亦是一样，或者他嫌阑干太普通，并且绮丽一点，他要求境界的高远缥缈所以用上"玉梯"，后来人因不懂而改作"玉阶"，反而弄成闺阁气，这是他所想不到的！

"玉梯空伫立"的"空"等于"闲",即是说"楼中闲伫立",与姜白石"玉梯凝望久"的"凝"字意味相似。当然"空"字有"无可奈何"之意,但这里的无可奈何是欲归不得,而不是盼望什么人不来。自从"玉阶空伫立"的改本出来,于是后人断章取义似的单看这一句,看成"思妇之词",加上"闺情"的题目了。其实这首词里所说的愁是"旅愁",也可称为"离愁",是行者的离愁,不是居者的离愁。下面三句写得非常明白。

"宿鸟"是欲宿的鸟。这一句是比兴,鸟的归飞象征着人生求归宿。从宿鸟的归飞引起乡思,诗人、词人常常用此。秦少游词:"但倚楼极目,时见栖鸦,无奈归心,暗随流水到天涯。"与此一般说法。

"宿鸟归飞急"这一句是比兴,从宿鸟归飞触起思乡的情绪,所以是"兴";以鸟比喻人,所以是"比"。假如我们仿效朱子说《诗经》,这一句是"兴而比也"。下面两句"何处是归程,长亭连短亭",是直抒胸臆,是"赋也"。

诗词主抒情,但如只是空洞地说出那情感,作者固有所感,读者不能领略那一番情绪。作者要把这情绪传递给别人时,必须找寻一个表达的艺术。假如他能把触发这一类情绪的事物说出,把引起这一类情绪的环境烘托出来,于是读者便进到一个想象的境界里,自然能体验着和作者所感到的那个同样的情绪,所以诗词里面有"赋",有"比",有"兴"。

这虽是一首短短的词,里面具备着赋、比、兴三种手法。从"平林漠漠"起到"暝色入高楼"是写景语,是烘托环境,是"赋"。"有人楼上愁"和"玉梯空伫立"是叙事,也可以说是"赋"。"宿鸟归飞急"虽然也是登楼人所见，也是写景，也是"赋"，但楼头所见的事物不一，何以要单提这些飞鸟来说？是它的"比兴"的意义更为重要。"何处是归程"两句也是"赋"，不过这是抒情语，和上面的写景语不同。古人说诗粗疏一点，除了比兴语外都算是"赋"，我们可以再辨别出"写景、叙事、抒情"等各种不同的句法。

这结尾两句点醒上半阕"有人楼上愁"的"愁"的原因。这愁便是旅愁，是离愁，是游子思乡的愁。"长亭连短亭"把归程的绵邈具体地说出来，单说家乡很远是没有力量的。"亭"是官道或驿路上公家所筑的亭了，一名"官亭"，便旅客歇息之用，因各亭之间距离不一，是以有"长亭、短亭"之称。这是俗语，但这俗语已经很古，庾信《哀江南赋》："十里五里，长亭短亭。"齐梁时已有此称谓了。"连"通行本作"更"（一本作"接"）。"连"写一望不断之景，"更"有层出不穷之意，前者但从静观所得，后者兼写心理上的感觉，各有好处，无分高下。大概原本是"连"，后人觉得在音调上此句可用"平平仄仄平"，所以改为"接"或"更"。其实《菩萨蛮》的结句，音调可以有几种变化，最好是"仄平平仄平"，第三字实宜于用平声。"平平仄仄平"是变格，因人习于五律内的句法，所以觉得谐些。至于用"平平平仄平"者，亦不足为病，如温飞卿之"双双金鹧鸪"，韦端己之"还乡须断肠""人生能几何"皆可为例。所以我们仍从原本，不去改。

此楼纵高，可望者不过十数里以内，今说"长亭连短亭"，是一半是真实所见，一半是此人默念归路的悠远而于想象内见之，因此亦增添读者的想象，好像展开一幅看不尽的长卷图画。这样一句结句有悠然不尽的意味。

（三）评

此词被推为千古绝唱，实因假托李白大名之故。但平心而论，它不失为第一流的作品。

这首词的意境高远阔大，洗脱《花间集》的温柔绮靡的作风，但也不像苏辛词的一味豪放，恰恰把《菩萨蛮》这个词调提高到可能的境界。

第二，它的章法严密。上半阕由远及近，下半阕由近再及远，以"有人楼上愁"一句作为中心。上半阕以写景为主，下半阕以写情为主，结构完整，但并不呆板，在规矩中见出流动来。由远及近再从近推到远是一个看法；另一个看法，这首词由外物说到内心是一贯地由外及内的，而意随韵转，情绪逐渐在加强的。

以内容而论，登楼望远惹起乡思，这是陈旧的题材，从王粲《登楼赋》起到崔颢《黄鹤楼》诗，中间不知有多少文人用过。但我们在上面已说过，词也者原取人人易见之景、人人易感之情以入歌曲，内容的陈旧是无法避免的，还是看言语是否新鲜脱俗。并且照现代的文艺批评家的说法，内容和形式是不能分离的，一个旧的题材当其采取了新的表现方式时，同时也获得新的内容。所以这一首词到底不是《登楼赋》，也不是崔颢诗，而是另有它的新的意境的。

这首词没有题目。早期的词都没有题目，原是盛行于倡楼歌馆、宴会酒席上的歌曲，无非是闺情旅思、四时节令、祝寿劝觞之类，当箫管嗷嘈之际、歌伎发吻之时，听懂也好，听不懂也好，用不到报告题目的。直到后来文人要借这一种体裁来写特殊的个人的经验时，方始不得不安放一个题目。假如我们要替这词补上一个题目，可以依据《湘山野录》，题为"驿楼题壁"。

作者不知何人，也不知是何等样人物。或是一位普通的文人，经过鼎州，留宿在驿楼上，偶有此题。也许是一位官宦，迁谪到南方，心中不免牢骚，他所说的归程，不指家乡而指国都所在。如此则有张舜民的"何人此路得生还，回首夕阳红尽处，应是长安"的天涯涕泪在其中，亦未可知。

二、《忆秦娥》

箫声咽，秦娥梦断秦楼月。秦楼月，年年柳色，霸陵伤别。

乐游原上清秋节，咸阳古道音尘绝。音尘绝，西风残照，汉家陵阙。

（一）考证

此词相传李白作。南宋黄昇之《唐宋诸贤绝妙词选》首载之，与《菩萨蛮》篇同视为百代词曲之祖。以后各家词集依之。《尊前集》录李白词，无此首。

明人胡应麟疑此为晚唐人作，托名太白者，颇有见地。北宋沈括之《梦溪笔谈》述及当时李白集中有《清平乐》词，未言有《忆秦娥》。唯贺方回之《东山乐府》有《忆秦娥》一首，其用韵及句法，似步袭此词，则北宋时当已有此。稍后，邵博《闻见后录》卷十九全载此词，邵氏云："'箫声咽，秦娥梦断秦楼月。秦楼月。年年柳色，霸陵伤别。乐游原上清秋节，咸阳古道音尘绝。音尘绝。西风残照，汉家陵阙。'李太白词也。予尝秋日饯客咸阳宝钗楼上，汉诸陵在晚照中，有歌此词者，一坐凄然而罢。"邵博为北宋末南宋初年人，知此时已甚传唱，且确定为太白词矣。

崔令钦《教坊记》载唐代小曲三百余，无《忆秦娥》。沈雄《古今词话》引《乐府纪闻》谓唐文宗时宫伎沈翘翘配金吾秦诚，后诚出使日本，翘翘制《忆秦郎曲》，即《忆秦娥》云云。今沈翘翘词未见，莫得而明也。《花间集》亦无《忆秦娥》，唯冯延巳之《阳春集》中有一首，则五代时已有此调。此调因何而得名，又最先宜歌咏何种题材，今不可考。此词有"秦娥"而无"忆"，冯词有"忆"而无"秦娥"，又句法互异，疑均非祖曲。

近人亦有主张此为李白之真作者。谓李白所作原为乐府诗篇，后人被之管弦，遂流为通行之小曲，凡三言、七言、四言之句法错杂，固古乐府中所有，毫不足怪。此论似为圆到，但细究之，殊不尽然。第一，此词有上下两片，除换头略易外，其余句法全同，此唐人小曲之体制，非古乐府之体制也。第二，若以李白之乐府谱为小曲，则此词即为祖曲，别无可本，何以冯延巳不依调填词，复加改易乎？且冯词古简，此有添声；冯之五言，此为七言；冯之二言，此为三言；冯之七言，此破为四言两句。凡音调由简而繁则顺，冯词固非祖曲，当别有所本，但所本者必非此词，若谓李白创调，冯氏拟之，此说之难持者矣。

今定此词为晚唐、五代无名氏之作，其托名太白，当在北宋。

此调别名《秦楼月》，即因此词而得名。又有平韵及平仄换韵体，均见万树《词律》。

（二）讲解

这首词的作法与上面一首《菩萨蛮》不同。《菩萨蛮》以登楼的人作为中心，写此人所见所感，章法严密，脉络清楚。这《忆秦娥》，初读过去，不容易找到它的中心，似乎结构很散漫。其中虽然也有个称为"秦娥"的人物，但可不可以作为词的中心呢，很令人怀疑。"年年柳色"，暗示着春景，下半阕却又明点秋令。霸陵在长安东，乐游原在长安东南，咸阳古道在长安西北。论时间与空间都不一致。然则此词的中心何在，此词的统一性何在？

其实这首词不以一个人物作为中心，而是以一个地域的景物作为题材的。无论它说东说西，总之不离乎长安，故长安的景物即是这首词的统一的题材。读者可以把它作一幅长安的风景画、一幅长安的素描看。绘画可以移动空间，但不能移动时间，唯诗词更为自由，既可以移动空间，也可以移动时间，所以上半阕说春，下半阕说秋，倒也没有什么妨碍。绘画的表现空间是有连续性的，诗词较为自由，尽可以从东边跳到西边。此词作者原不曾写长安全景，他只是挑选几处精彩的部分来说，所以我们比之于一幅长安素描还很不恰当，不如说是几幅长安素描的一个合订本。

若说是几幅素描的合订本，试问有何贯串的线索，否则岂不是散漫的零页吗？单靠这题材同是长安的一点，似乎还不够。这里，我们讨论到诗词的组织的问题。诗词的组织与散文的组织，根本上不同。诗词是有韵的语言，这韵的本身即有黏合的力量，有连接的能力。这些散漫的句子，论它们的内容和意义，诚然是各自成立为单位，中间没有思想的贯串，但是有一个一韵到底的韵脚在那里连络贯串，这韵脚便是那合订本的主要的针线（音律的连锁和情调的统一作为辅助）。诗词的有韵，可以使散漫的句子黏合，正如花之有蒂，正如一盘散珠可以用一条线来穿住。

　　诗歌和散文是两种不同性质的语言，我们不能说哪一种比较古，总之，是语言的两个不同的方向的发展。当人类把最先仅能表示苦乐惊叹的简单的声音和指示事物的短语，连串起来巧妙运用，以编成一个歌谣，或者发展成一段长篇的谈话，是向着这个或那个不同的方向发展，用了不同的艺术。这便是诗歌和散文的开始。一首歌谣是原始的诗词，一篇谈话是原始的散文。

　　诗词和散文的源头不同，虽然以后的发展，免不了交互的影响，但也有比较纯粹的东西。那诗词里面接近于原始民歌的格式的东西，其中不含有散文的质点，不含有思想的贯串和逻辑的部分，只是语言和声音的自然连搭，只是情调的连属，这样的东西，我们称之为"纯诗"。这首《忆秦娥》是纯诗的一个好例子。中国人的词多半可以落在纯诗的范围里，不过其中也有程度的等差，例如那首《菩萨蛮》有很清楚的思想的线索，这首《忆秦娥》中间就没有思想的贯串，凭借于语言和声音的连搭更多，所以这《忆秦娥》是更纯粹的纯诗。

假如我们对于歌谣下一点研究功夫，对于诗词的了解上大有帮助。譬如韵的黏合的力量在民歌里面更显得清楚。"大麦黄，小麦黄，花花轿子娶新娘"，"阳山山上一只篮，新做媳妇许多难"，这里面除了叶韵以外没有任何思想的连属。

苗瑶民族，男女递唱歌谣以比赛智慧时，也有并无现成的词句，要你脱口而出连接下去，思想的连贯与否倒在其次，主要的是要传递这个韵脚。

柏梁台联句各说各的，无结构章法之可言，不过是一个韵的传递而已。那样的各人说各人自己的事，给人一种幽默感，实在不是一首高明的诗，然而我们也不能不承认它是诗。

原来韵的力量可以使不连者为连，因为韵有共鸣作用，叶韵的句子自然亲近，好像有血统关系似的。所以有韵的语言和无韵的语言自然有些两样，无韵的语言不得不靠着那思想的密接，有韵的语言凭借了韵的共鸣作用，凭借了它的粘合力和亲近性，两句之间的思想因素可以有相当的距离而不觉其脱节。

这是当初诗歌的语言与散文的语言向着两个不同的方向发展的现象。一边是认为这一种关联是巧妙的言语，一边是认为另外一种关联是有意义的言语。假如我们处处用散文的理去探索诗词，即不能领略诗词的好处。因为思想的连贯是一种连串语言的办法，却不是唯一的办法，诗词的语言另外走了别条路子，诗词的句子另外有几种连接法。

在散文，句和句的递承靠思想的连属，靠叙事或描写里面事物的应有的次序和安排。在诗歌里面另外有几种连接法。散文有散文的逻辑，诗词有诗词的逻辑，也可以说没有逻辑，是拿许多别的东西来代替那逻辑的。如果以散文的理去探索诗词，那么诗词的句法，句和句之间距离比较远，中间有思想的跳越。

这"跳越"是诗词的语言的一种姿态，但绝不是无缘无故而跳，乃是在诗词里面存在着几种因素可以帮助思想的跳越。从"关关雎鸠，在河之洲"跳到"窈窕淑女，君子好逑"，其间不是逻辑而是比兴。比兴也是思想的一个跳越，是根据类似或联想以为飞度的凭借，这是属于思想因素本身的，不关于语言的。

比兴在诗词的语言里有代替逻辑的作用，比兴是诗词的思想的一种逻辑。从"潜虬媚幽姿"跳到"飞鸿响远音"，一句说天空，一句说池水，这是对偶。从"画省香炉违伏枕"跳到"山楼粉堞隐悲笳"，一句说京华说过去，一句说夔府说现今，这也是对偶。

对偶也可以说是一种联想，但这是思想的因素与语言文字的因素双方交融而成。用对偶的句法，两个思想单位可以距离得很远，但我们不觉其脱节，因为有了字面和音律的对仗，给人以密接比并的感觉。这是一方有了比并，有了个着实，所以在另一方能够容忍这思想的跳越的。假如你不跳，反显得呆滞了。

在律诗和词曲里，音律的安排成为一条链子，成为一个图案，成为一个模型，思想的因素可以凭借这条链子而飞度，可以施贴到这图案上去，可以镕铸在这模型里，不嫌其脱节，不嫌其散漫，凡此都是凭借了一种形式上的格律，使散漫的思想能够镕铸而结晶的。所以律诗和词曲不容易翻译成另外一种语言，因为如果你拆去这条链子，拆去这个模子，于是乎只见散漫的思想零乱到不可收拾的地步；也许你能够另外找寻格律，想些另外连串起来的办法，但是在译文里所见的美必不是原文的美了。

《忆秦娥》的总题材是长安景物。作者挑选几处精彩的景物，凭借着语言的自然连串，蝉联过渡，这是一个纯粹歌曲的作法。主要的线索是一个韵的传递，中间又有三字句的重复，以加强音律的连锁性。"箫声咽"唤起"秦娥梦断秦楼月"，中间有联想。"秦楼月"再重复一句，在意义上并不需要，只是音调上的需要，对上句尽了和声的作用，同时却去唤逼出下面一个韵脚来，好像有甲乙两人递唱联吟的意味。这里面充满了神韵。上下两阕一共有四五幅景物画，我们可以细细讨论。但这一类的纯诗，不容易有确定的讲法，因为我们讲解诗词不免掺入散文的思路，不同的读者即可以有不同的看法。所以下面的解释只能说是我个人的领会。

起句"箫声咽"是词中之境，亦是词外之境。词中之境下度"秦楼"，词外之境是即物起兴。所以两边有情，妙在双关。说是词中之境者，这呜咽的箫声乃"秦娥"梦醒时所闻，境在词内，这一层不消说得。说是词外之境者，词本是唐宋时代侑酒的小曲，往往以箫笛伴着歌唱，故此箫声即起于席上。歌者第一句唱"箫声咽"，是即物起兴。听歌者可以从此实在的箫声唤起想象，过渡到秦楼上的"秦娥"，进入词内的境界。于是词内词外融合成一片，妙处即在这一句的双关，故曰"两边有情"。凡词曲多以春花秋月即景开端，亦同此理，因春花秋月是千古不易之景，古人于春日歌春词，秋令唱秋曲，取其曲中之情与当前之景能融合无间也。今此词以箫声起兴，为宴席随时所有，尤为高妙。在词里面，同于这个起法的，冯延巳的"何处笛，终夜梦魂情脉脉"，庶几似之。

从"箫声咽"度到"秦娥梦断秦楼月"，可分两层说。第一层是暗用弄玉的典故。《列仙传》云：萧史善吹箫，秦穆公以女弄玉妻之，日教弄玉吹箫作凤鸣，夫妇居凤台上，一旦皆随凤凰飞去。古人所谓台即今之所谓楼。这是箫声与秦楼的一层关联。但这词里的秦娥，并不实指弄玉，不过暗用此典，以为比拟，增加关联性而已。《忆秦娥》这词牌原来与弄玉有没有关系，因现存早期的作品太少，无从臆断。

第二层是实有这箫声，不只是用典。这开始两句说长安城中繁华的一角；"秦娥"泛说一长安女子；"秦楼"只是长安一座楼，与《陌上桑》的"日出东南隅，照我秦氏楼"的"秦楼"无关，倒是如后世小说里所谓"秦楼楚馆"的"秦楼"。这位长安小姐多半是倡楼之女，再不然便是"昔为倡家女，今为荡子妇"的一个身份。

凡词曲的题材被后世题为"闺情"之类的东西，实在与真正的闺阁不相干，读者幸勿误会。唐代文人所交际的是李娃、霍小玉之辈，所以在文学上所表现的也是这一流人物。至少早期的词是如此，欧阳炯所谓"自南朝之宫体，扇北里之倡风"，一语破的。这位秦娥也非例外，秦楼所位正是长安的北里，乃冶游繁华之区。但是她蓦地半夜梦醒，见楼头之明月，听别院之箫声，从繁华中感到冷清。这是幅工笔的仕女画。作者泛说一秦娥，读者要当多数看亦无不可，中文里面多数与单数无别。诗词本在写意，并非写实，所以用中文写诗却有多少便利，意境的美妙正在这些文法不细为剖析的地方。此处写了月夜中的长安北里，作者的起笔已带来凄凉的意味，与全首词的情调相调和的。

作者说了秦娥，随即撇开，下面乃是另外一幅画。借"秦楼月"三字的重复叫唤出下面一韵，过渡到长安东郊外的霸陵景色，这里面路程跳过了数十里。"秦楼月"的重复固然只是构成音律的连锁作用，说在意义上有些过渡也未始不可。其意若曰：此照于少女楼头之明月亦照于长安东郊外的霸陵桥上，当晓月未沉之际，桥上已很有些人来往了，那是离京东去和送别的人。霸陵者，汉文帝的陵墓，在霸水经流的白鹿原上，离长安二十里。"霸"一作"灞"。程大昌《雍录》云："汉世凡东出函潼，必自灞陵始，故赠行者于此折柳为别。"这折柳赠别的风俗，一直保存到唐代。唐时跨着霸水的桥有南北两座，均称为霸桥或霸陵桥，而且有"销魂桥"的诨名。

"年年柳色"是一年一番的柳色，虽不明说春天，含有柳色青青之意。所以在这幅画里点染的是春景。这一年一番的柳色青青，不知经多少离人的攀折，故曰："年年柳色，霸陵伤别。"即使词人不比画家的必须着定颜色，他尽可以泛说年年的景色如此，而不确实点出一个时令，总之也不能说是秋。所以《白香词谱》把这首词题为"秋思"，是只顾了后面半阕，把这里暗藏的春色竟没有看出来，犯了个断章取义的毛病。

或曰，这两幅画合是一幅，楼头的少女所以半夜梦醒者，莫非要送客远行吧？或者见着这"杨柳月中疏"之景，因而想到昔年离别的人吧？这"霸陵伤别"是回忆，是虚写，不是另外一幅实在的景物。这样讲法是以秦娥作为词的中心，单在上半阕里可以讲得通，到了下半阕即难于串讲下去，因为至少像"西风残照，汉家陵阙"那种悲壮怀古的情绪很难再牵涉到秦娥身上。若说上半阕有一主人，是主观地写情，下半阕撇开这主人而是客观地写景，那么前后片的作法违异，真正没有统一性了。所以我们参照下半阕的作法，知道上半阕里应该有两幅画境，不必强为并合。至于这两幅画，一幅是月夜怀人，一幅是清晨送别，笔调很调和而一致。假如我们说作者由月色而过渡到杨柳，从杨柳而联想到霸陵送别，这样的说法是可以的，但不必把秦娥搬到后面来，因为这首词的作法是由语言的连串创造成画境的推移，同电影里镜头的移动差不多的。

"乐游原上清秋节"，单立成句，写景转入秋令。乐游原在唐代长安城中的东南角上，有汉宣帝乐游庙的故址。此处地势甚高，登之可望全城，其左近即曲江芙蓉园等游览名胜之区，每逢三月三日、九月九日，士女杂遝，倾城往游。"清秋节"即指九月九日而言。这是一幅人物众多的画，非常热闹，可是翻下一页，恰恰来了个冷静的对照。通咸阳的官道在长安西北，这一跳又是几十里路程。两句之间并没有三字句的重复，靠"节""绝"两字的共鸣作用，以及排句的句法，作为比并式的列举。

"音尘绝"三字意义深远，有多种影子给我们摸索。一是说道路的悠远，望不见尽头，有相望隔音尘之意。二是说路上的冷静，无车马的音尘。总之，这三个字给我们以悠远及冷静的印象。有人说还有一层意思含蕴在里面，是音信隔绝的意思，因为西通咸阳之道，即是远赴玉门关的道路，有征人远去绝少音信回来之意。有没有这种暗示，很难确定地说。要是听歌者之中刚巧有一位闺中之思妇，那么这一层暗示她一定能强烈地感觉着的吧。

借"音尘绝"的重复再唤逼下面一韵，作用在构成音律的连锁，并不是意义上的需要。但是这三个字音，再重复一遍，打入我们的心坎，另外唤起新的情绪、新的意念。其意若曰：咸阳古道的道路悠远是空间上的阻隔，人从咸阳古道西去，虽然暂隔音尘，也还有个回来的日子。夫古人已矣，但见陵墓丘墟，更其冷静得可怕，君不见汉家陵阙，独在西风残照之中乎？这是古今之隔，永绝音尘，意义更深刻而悲哀。

原来汉帝诸陵，如高祖的长陵、惠帝的安陵、景帝的阳陵、武帝的茂陵，都在长安与咸阳之间，所以作者一提到咸阳古道，便转到这些古代帝王的陵墓上来，以吊古的情怀作结。映带着西风残照，这幅斑驳苍老的山水画便作了这本长安画集的压卷。

"吊古"者，也不是替古人堕泪，乃是对于宇宙人生整个的反省。王静安云："太白纯以气象胜，'西风残照，汉家陵阙'寥寥八字，遂关千古登临之口。"对此推崇备至。夫西风乃一年之将尽，残照是一日之将尽，以流光消逝之感，与帝业空虚，人生事功的渺小，种种反省，交织成悲壮的情绪。胡应麟认为衰飒，未免门外。无论在情绪或声调上，这不是衰飒，而是到了崇高的境地。

此词原无题目。《白香词谱》题为"秋思"，断章取义，未窥全豹。如果要一题目，我们可借用初唐诗人卢照邻的诗题，题之曰"长安古意"。细味此词，箫声与秦楼暗用弄玉的典故，是秦穆公时事，霸陵为汉文帝的陵墓，折柳赠别是汉代遗风，乐游原因汉宣帝的乐游庙而得名，咸阳是秦始皇的都城，古道是阿房宫的古道，不等到提出汉家陵阙，已无处不见怀古之意。作者挑选几处长安的景物，特别注重它们历史的意义。虽是一支小曲，能把长安的精神唱了出来。

一般人的见解认为词总比诗低一级，但如这首《忆秦娥》却在卢照邻的长篇七古之上。如以鲍防、谢良辅等人的"忆长安"比之，更不啻有霄壤之别。以《菩萨蛮》作为比较，则《菩萨蛮》是能品，《忆秦娥》是神品；《菩萨蛮》有刻画语，《忆秦娥》是音韵天成；《菩萨蛮》是有我之境，《忆秦娥》是无我之境。作者置身极高，缥缈凌空，把长安周遭百里，看了个鸟瞰，而且从箫声柳色说起，说到西风残照，不受空间、时间的羁勒，这样的词真可说是千中数一，虽非李白所作，要不愧为千古绝唱也。

三、就李白《菩萨蛮》答学生问

讲解李白《菩萨蛮》后，归纳学生读此词后之感想及问题作此答疑。

1.《菩萨蛮》既由女蛮进贡、唐人奇之而制成之乐调，则最早之词应有音乐情调。今李白词系旅人乡思，全系表示个人心情，故此词非原始的作品。是否据此可证明此词非李白所作？

答：可以据此证明。说《菩萨蛮》是因女蛮国进贡服装奇异而制成此乐，出于苏鹗之《杜阳杂编》，此是《菩萨蛮》乐调考源之一种说法。虽未必可信，但其说是"大中初"之事，与《北梦琐言》述唐宣宗爱唱《菩萨蛮》之事合。此为此词出于晚唐之证。李白时代太早耳。且知《菩萨蛮》是舞曲，是伎乐，故最早的词，必写女子装饰，且通常为闺阁题材，如温飞卿之作是也。相传李白之词，情调不合。

2. 此词写愁，愈后愈加重。由轻微到浓重是渐进的，不像"大江东去"，开口便豪放。

答：确是如此。所以说结构完整严密，由外景而到内心，由写景至抒情，愈后愈重。

3. "碧"是写茂盛的景色，与旅愁不能调和。

答："碧"并不真可以译成"碧绿"，不包含茂盛的意思。"碧"是山之色。"寒山一带伤心碧"，即是"寒山一带伤心色"。"碧"字包含一切山之色，词人不想特写某种颜色，而以一个"碧"字了之。"碧"字比"色"字来得活跃些。那些山也许是褐色的、灰色的、青色的、绿色的都有，词人浑言之曰"碧"，"碧"不一定有茂盛的联想、给人以茂盛的感觉，反之如"碧血"之类的"碧"，确是有沉黯的色彩的。这里写秋景，偏于黯淡的色彩。"伤心碧"并非伤春。

4. "伤心碧"一语道出，似乎不妥。

答：妙处正在此。这一句子是两句话并合在一起说，一句话是那一带山是碧色的，另一句话是那一带的青山看了使人伤心。在语序方面作者愿意前面一种说法，因为这地方主要还在写景，但是他要着重"融情于景"，把主观的情感表达出来，方始使得写景不死板，那样便组合成功这样一句词句了。这是诗人的语言经济而精彩的地方。

5. "寒山"二字做何解释？

答："寒山"造成一个词藻，犹之"平林"，但"寒"字的形容词性比"平"字强。寒山说:(1)荒寒的山。那一带的山是郊外的野山,并无亭台楼阁之胜。(2)山意寒冷,是秋天以及夕阳西下的气象。

6."梯"与"阶"字的优劣。

答:"梯"字见《湘山野录》及《唐宋诸贤绝妙词选》,古本如此。"阶"字俗人所改。虽一样是石砌,"梯"字有高的联想,一层层的石砌,从平地到高楼、高台的。"阶"不过是平地的石砌而已。

7."连"与"更"。

答:此两字无优劣可言。"连"写一望不断之景,"更"字有层出不穷之妙。前者但从静观所得,后者兼写心理上的感觉。除"连""更"两字外,尚有作"接"的本子。以音律而论,《菩萨蛮》末句,律用"仄平平仄平"。作"平平仄仄平"或"平平平仄平"者,皆变格也。

(据讲稿抄录并加题目)